Novas seletas

. . . .

Lima Barreto

Novas seletas

· · · · · · · · · · · · · · · · ·

Lima Barreto

Coordenação
Laura Sandroni

Organização,
apresentação e notas
Isabel Travancas

2ª impressão

EDITORA
NOVA
FRONTEIRA

Direitos de edição da obra em língua portuguesa adquiridos pela EDITORA NOVA FRONTEIRA S.A. Todos os direitos reservados. Nenhuma parte desta obra pode ser apropriada e estocada em sistema de banco de dados ou processo similar, em qualquer forma ou meio, seja eletrônico, de fotocópia, gravação etc., sem a permissão do detentor do copirraite.

EDITORA NOVA FRONTEIRA S.A.
Rua Bambina, 25 – Botafogo – 22251-050
Rio de Janeiro – RJ – Brasil
Tel.: (21) 2131-1111 – Fax: (21) 2286-6755
http://www.novafronteira.com.br
e-mail: sac@novafronteira.com.br

CIP-Brasil. Catalogação-na-fonte
Sindicato Nacional dos Editores de Livros, RJ

B263L   Barreto, Lima, 1881-1922
           Lima Barreto / organização, apresentação e notas Isabel Travancas. – Rio de Janeiro : Nova Fronteira, 2004
           (Novas seletas)

         ISBN 978-85-209-1606-3

         1. Barreto, Lima, 1881-1922 – Coletânea. I. Travancas, Isabel. II. Título. III. Série.

                    CDD 869.98
                    CDU 821.134.3(81)-8

Sumário

Este Lima Barreto 7
Rio de Janeiro, setembro de 2003 9

CRÔNICA

País rico 12
O novo manifesto 14
Reflexões 16
As enchentes 19
Os tais higienistas... 21
Uma coisa puxa a outra... II 23
Maio 27
O subterrâneo do morro do Castelo 32
Os bruzundangas 45

CONTO

O homem que sabia javanês 59
A nova Califórnia 71
Como o "homem" chegou 83
Clara dos Anjos 106

ROMANCE

Recordações do escrivão Isaías Caminha 119
Triste fim de Policarpo Quaresma 140

MEMÓRIAS
O cemitério dos vivos 156

Rio de Janeiro, fevereiro de 2004 167
Depois da leitura 177
Cronologia 181
Bibliografia 184

Este Lima Barreto

Lima Barreto é um importante escritor brasileiro que em vida não recebeu a atenção merecida. Foi muito criticado por ter produzido uma obra desigual, fruto da sua personalidade e de seu aprendizado autodidata. Escreveu obras marcantes, deixando gravado seu nome na história da literatura brasileira principalmente por seus romances. Embora se possa afirmar que ele é um clássico da nossa literatura, infelizmente ainda não é suficientemente conhecido do leitor brasileiro, permanecendo sua literatura em segundo plano, se comparada a escritores como Machado de Assis ou José de Alencar. Sua obra ainda é vista como marginal, fruto de um olhar crítico sobre a sociedade brasileira de alguém que sofreu na pele esta marginalização.

Por isso este volume pode ser, para muitos leitores, uma porta de entrada, um primeiro contato com a obra de Lima Barreto, e pretende, portanto, não só aproximá-los do escritor, mas despertar a curiosidade e estimular a leitura completa de seus livros.

Este volume da Coleção Novas Seletas traz um apanhado geral da obra deste escritor que teve uma vida curta — nasceu em 1881 e morreu em 1922 — mas escreveu muito e em diversos gêneros, sendo o jornal um dos principais veículos de divulgação da sua produção. Escreveu crônicas, folhetins, contos, romances, sátiras, críticas literárias e memórias. O que fica evidente na leitura destes diferentes tipos de narrativa é a sua inquietação diante da realidade brasileira, a sua indignação ante as injustiças sociais e a sua visão de que o papel tanto do jornalista quanto do escritor é de transformador da realidade. Esta era a sua missão, e sua literatura reflete esta postura política. Sua arte era engajada e não poderia ser de outra forma. Assim como não entendia que fosse possível escrever sobre fatos ou realidades que não conhecesse profundamente. Portanto, sua obra está impregnada de subjetividade, carregada de suas vivências pessoais. E Lima Barreto pagou o preço desta escolha, sendo muito criticado por causa dela. Os críticos da época lamentavam que suas obras estivessem tão cheias de referências pessoais ou de personagens autobiográficos, como se tudo isso fosse um defeito.

Um aspecto muito presente em sua obra e que é uma das marcas registradas do escritor é a ironia. Tanto em seus contos como nos romances, e particularmente nas sátiras, percebe-se um traço humorístico, de gozação, por trás de suas análises mais agudas. Isso torna seus textos ao mesmo tempo críticos e divertidos.

Ao ler suas crônicas podemos nos surpreender pelo fato de parecer terem sido escritas ontem. Tanto pelo seu estilo coloquial, como pelos assuntos que aborda. Em todas elas percebemos como o jornalismo fez parte da sua vida, não apenas como fonte de sustento, mas como elemento de construção de um estilo de escrita. Objetiva e concisa. Suas sátiras divertem muito o leitor ao mesmo tempo em que o transportam para um país fictício e tão próximo. Enfim, a seleção teve como prioridade trazer para o leitor um amplo leque de sua rica produção literária, permitindo que conheça um pouco da sua obra, do seu estilo e do tempo em que viveu. Se privilegiamos os textos mais leves, com mais humor, é justamente porque gostaríamos que esta seleta funcionasse como um aperitivo para os jovens leitores; que estes tivessem, após a sua leitura, seu apetite despertado e desejassem saborear mais este escritor tão brasileiro.

Isabel Travancas

Rio de Janeiro, setembro de 2003

Prezado Lima Barreto,

Soube através de um artigo seu, publicado em 31 de agosto de 1916 em um jornal do Rio de Janeiro, que receber uma carta anônima muito o emocionaria. Aqui está a minha.

Não sei se o senhor lerá esta minha carta, uma vez que um século de distância nos separa, embora vivamos na mesma cidade maravilhosa, ainda que tão diferente daquela que retratou em seus romances. Hoje o senhor virou rua no bairro da Piedade, não no coração da cidade onde tanto perambulou, mas num subúrbio parecido com aquele em que viveu, o que talvez lhe agradasse e o fizesse sentir homenageado. Certamente não as homenagens que merecia e que a vida não lhe concedeu. Seus livros não tiveram muito sucesso na época de sua publicação, e a Academia Brasileira de Letras mais de uma vez lhe fechou as portas. Entretanto, sua obra não morreu, ao contrário. Seus livros vêm cada dia ganhando mais leitores, jovens e velhos, interessados em descobrir um grande escritor brasileiro que dividiu seu tempo e sua vida entre o jornalismo e a literatura.

Tomo a liberdade de lhe escrever de maneira anônima pelo fato de sua obra ter me tocado muito, pela simplicidade da sua escrita tão diferente dos escritores de sua época, pela maneira como a sua vida sofrida está presente em seus textos ou mesmo pelo fato de tratar de forma franca e direta da discriminação racial e social que sofreu em sua vida e que seus personagens parecem também experimentar.

O Brasil mudou muito da sua época até hoje. O país se modernizou, as grandes cidades viraram metrópoles, mas muitos problemas permaneceram: a desigualdade social, a discriminação racial, a corrupção dos políticos. A influência da França também diminuiu na nossa cultura. Os autores e termos franceses tão presentes em seus textos foram substituídos pelo inglês. A cultura norte-americana influenciou e continua influenciando a nossa. A elite que desprezava os hábitos e costumes das classes menos favorecidas os incorporou. A feijoada, prato típico dos escravos, tornou-se prato nacional, e o samba virou símbolo da nossa identidade. O tupi não virou língua oficial como gostaria Policarpo Quaresma, mas a nação vai aos poucos definindo as suas singularidades.

Infelizmente, hoje, os jovens já não lêem tanto como antes. O Brasil se tornou um país muito mais musical do que literário, mas acredite o senhor: isso não nos envergonha; ao contrário. Temos produzido uma enormidade de tipos de música que não deixam de lado a qualidade musical e apontam para a diversidade cultural do país. Gostaria muito que estes jovens descobrissem nos seus contos, crônicas, sátiras e romances, reflexões e sentimentos que não são do século passado e pudessem se emocionar e mesmo se divertir com suas histórias e seus personagens. Afinal, eles falam muito do Brasil e de ser brasileiro.

Aproveito para terminar esta pequena carta escrita com toda a admiração citando uma música brasileira que faz enorme sucesso entre os jovens. "Uma carta"* é o título da canção, e expressa bem o meu sentimento em relação ao seu sofrimento pessoal, indissociável da sua literatura.

---

* Música de Bicudo, Marcus Menna, Sérgio Ferreira e Vitor Queiroz. Letra de Marcus Menna e Sérgio Ferreira do conjunto L.S. Jack gravada no CD *V.I.B.E.* de 2001.

Coloquei uma carta numa velha garrafa,
Mais uma carta de solidão,
Coloquei uma carta,
Um pedido da alma,
Salvem meu coração

PS: Estou preparando um ensaio sobre a sua obra. Em breve irei enviá-lo para o senhor ler.

Isabel Travancas

Crônica

País rico

Lima Barreto escreveu muitas crônicas ao longo da sua vida. O destino desses textos era a imprensa. Mais tarde, vários deles foram reunidos em livro, como é o caso deste publicado na revista *Careta* em 8 de agosto de 1920 e editado no livro *Marginália*. Nesta crônica Lima Barreto destila sua ironia sobre a situação econômica e a atitude do governo, que afirma nunca ter verba para a saúde e a educação. Mas para outras coisas... tem.

Não há dúvida alguma que o Brasil é um país muito rico. Nós que nele vivemos, não nos apercebemos bem disso; e até, ao contrário, o supomos muito pobre, pois a toda hora e a todo instante, estamos vendo o governo lamentar-se que não faz isto ou não faz aquilo por falta de verba.

Nas ruas da cidade, nas mais centrais até, andam pequenos vadios, a cursar a perigosa universidade da **calaçaria** das sarjetas, aos quais o governo não dá destino, não os mete num asilo, num colégio profissional qualquer, porque não tem verba, não tem dinheiro. E o Brasil é rico...

> *Calaçaria* é o mesmo que preguiça.

Surgem epidemias **pasmosas**, a matar e a enfermar milhares de pessoas, que vêm mostrar a falta de hospitais na cidade, a má localização dos existentes. Pede-se a construção de outros bem si-

> *Pasmosas* ou assombrosas.

tuados; e o governo responde que não pode fazer porque não tem verba, não tem dinheiro. E o Brasil é um país rico...

Anualmente cerca de duas mil mocinhas procuram uma escola **anormal** ou anormalizada, para aprender disciplinas úteis. Todos observam o caso e perguntam:

— Se há tantas moças que desejam estudar, por que o governo não aumenta o número de escolas a elas destinadas?

Anormal. Trata-se aqui de uma brincadeira do autor com a Escola Normal — curso secundário para formação de professores, naquela época destinado quase que exclusivamente às moças.

O governo responde:

— Não aumento porque não tenho verba, não tenho dinheiro.

E o Brasil é um país rico, muito rico...

As notícias que chegam das nossas guarnições fronteiriças são desoladoras. Não há quartéis; os regimentos de cavalaria não têm cavalos, etc., etc.

No trecho "*E o Brasil é um país rico,(...)*", há dois aspectos importantes da obra do autor: o estilo jornalístico e a presença marcante de sua ironia ao criticar o governo.

— **Mas que faz o governo, raciocina Brás Bocó, que não constrói quartéis e não compra cavalhadas?**

O doutor Xisto Beldroegas, funcionário respeitável do governo acode logo:

— **Não há verba; o governo não tem dinheiro.**

E o Brasil é um país rico; e tão rico é ele, que apesar de não cuidar dessas coisas que vim enumerando, vai dar trezentos contos para alguns latagões irem ao estrangeiro divertir-se com os jogos de bola como se fossem crianças de calças curtas, a brincar nos recreios dos colégios.

O Brasil é um país rico...

Lima Barreto ⌘ 13

O novo manifesto

Nesta crônica Lima Barreto ataca os políticos em geral e os candidatos a cargos eletivos apresentando a sua candidatura. Sua plataforma é original: não fazer nada, não lutar por ninguém, não defender nenhuma causa, apenas usufruir das benesses do cargo. A crônica, datada de 16 de janeiro de 1915, foi publicada no *Correio da Noite* e mais tarde no livro *Vida urbana*.

Eu também sou candidato a deputado. Nada mais justo. Primeiro: eu não pretendo fazer coisa alguma pela Pátria, pela família, pela humanidade.

Um deputado que quisesse fazer qualquer coisa dessas, ver-se-ia bambo, pois teria, certamente, os duzentos e tantos espíritos dos seus colegas contra ele.

Contra as suas idéias levantar-se-iam duas centenas de pessoas do mais profundo bom senso.

Assim, para poder fazer alguma coisa útil, não farei coisa alguma, a não ser receber o subsídio.

Eis aí em que vai consistir o máximo da minha ação parlamentar, caso o preclaro eleitorado sufrague o meu nome nas urnas.

Facadas são pedidos de dinheiro emprestado.

Recebendo os três contos mensais, darei mais conforto à mulher e aos filhos, ficando mais generoso nas **facadas** aos amigos.

Desde que minha mulher e os meus filhos passem melhor de cama, mesa e roupas, a humanidade ganha. Ganha, porque, sendo eles parcelas da humanidade, a sua situação melhorando, essa melhoria reflete sobre o todo de que fazem parte.

Concordarão os nossos leitores e prováveis eleitores, que o meu propósito é lógico e as razões apontadas para justificar a minha candidatura são bastante ponderosas.

De resto, acresce que nada sei da história social, política e intelectual do país; que nada sei da sua geografia; que nada entendo de ciências sociais e próximas, para que o nobre eleitorado veja bem que vou dar um excelente deputado.

Há ainda um poderoso motivo, que, na minha consciência, pesa para dar este cansado passo de vir solicitar dos meus compatriotas atenção para o meu obscuro nome.

Ando mal vestido e tenho uma grande vocação para elegâncias.

O subsídio, meus senhores, viria dar-me elementos para realizar essa minha velha aspiração de emparelhar-me com a **deschanelesca** elegância do senhor Carlos Peixoto.

Deschanelesca faz referência a Paul Deschanel (1855-1922), presidente da França de fevereiro a setembro de 1920.

Confesso também que, quando passo pela rua do Passeio e outras do Catete, alta noite, a minha modesta vagabundagem é atraída para certas casas cheias de luzes, com carros e automóveis à porta, janelas com cortinas ricas, de onde jorram gargalhadas femininas, mais ou menos falsas.

Um tal espetáculo é por demais tentador, para a minha imaginação; e, eu desejo ser deputado para gozar esse paraíso de Maomé sem passar pela **algidez** da sepultura.

Algidez é frieza.

Razões tão ponderosas e justas, creio, até agora, nenhum candidato apresentou, e espero da clarividência dos homens livres e orientados o sufrágio do meu humilde nome, para ocupar uma cadeira de deputado, por qualquer estado, província ou emirado, porque, nesse ponto, não faço questão alguma.

Às urnas.

Reflexões

Este texto, publicado no jornal *Correio da Noite* em 22 de dezembro de 1914 e mais tarde no livro *Coisas do Reino do Jambon*, mostra Lima Barreto se posicionando contra a guerra e a idéia de que ela é uma manifestação de energia. Ele se refere à Primeira Guerra Mundial que durou de 1914 a 1918. Mas bem que poderia ter sido escrito recentemente...

Há pequenas mentirinhas que, por serem muito repetidas, tomam o aspecto de grandes verdades.

Os apologistas da guerra costumam divinizá-la por ser uma manifestação de energia. Grande coisa! O raio também é uma manifestação de energia, e os caboclos, ao que dizem os cronistas, tinham-no por Deus.

A questão não está em saber se é ou não manifestação de energia; a questão é saber se é ou não útil.

Não há industrial que, querendo movimento, só peça que a energia se transforme em calor.

Tudo depende de saber o fim útil a que se destina uma transformação de energia qualquer.

A lógica desses senhores, com a tal história de energia, deve ir ao ponto de admirar o crime, os grandes assassinatos — manifestação de energia; a pirataria — manifestação de energia; **Antônio Silvino** — manifestação de energia, etc., etc.

Antônio Silvino (1875-1944) foi um cangaceiro famoso pela sua coragem e valentia.

Não se podem, para bem raciocinar, prestar a tais conseqüências da sua ingênua admiração.

Continuam também a dizer que a guerra é um fator do progresso; que a paz é favorável à decadência, senão ao retrocesso.

Nada mais falso; a Idade Média foi uma guerra diária e absolutamente não foi favorável ao processo; e, o que houve não foi estimulado pelas classes guerreiras, mas pelos plácidos burgueses das cidades.

Norman Angell, no seu curioso livro *A grande ilusão*, mostrou com estatística que, a se dar isso, os países adiantados não deviam ser absolutamente a França, a Inglaterra e a própria Alemanha, mas o Haiti, a Venezuela, o Peru, a Colômbia, e a Turquia que sempre andaram em guerras permanentes nestes últimos quarenta anos.

Norman Angell (1872-1967): jornalista e escritor inglês.

A Alemanha foi a que menos campanhas sustentou e foi justamente aquele país que mais prosperou.

— Estão vendo os senhores como os apologistas da guerra, à **von Bernardi**, **claudicam** infantilmente e como são **pueris** os seus argumentos.

Friedrich von Bernardi (1849-1930): general prussiano que atuou na Primeira Guerra Mundial.

Claudicam é o mesmo que falham.

Argumentos pueris são argumentos ingênuos, fúteis.

Todos estão a ver que a energia que se despende numa guerra imensa e a que se gasta na paz, em exércitos e esquadras bem podia ter outra aplicação mais útil aos nossos destinos; mas, para que tal se dê, é preciso uma reforma total nos sentimentos e nas idéias, e tal coisa só se obterá lentamente.

O que, porém, desde já se pode obter é a diminuição da Alemanha. Ela era o campeão da guerra e a **oligarquia plutocrata**, que a dirigia, ainda se supunha na época romana, em que a guerra era industrial.

Oligarquia plutocrata é o governo de poucas pessoas pertencentes ao mesmo partido, classe ou família, no qual o que comanda é o dinheiro.

Lima Barreto ⌘ 17

> *Júlio César* (101 a.C.-44 a.C.): estadista e general romano. Conquistou a Gália e o Egito.
>
> *Kaiser* significa imperador em alemão.
>
> *Dante* (1265-1321): poeta italiano. Autor da *Divina comédia*.

Por falar em romanos. Imagino as gargalhadas que **Júlio César** não dará no inferno, quando tiver notícia que um bárbaro germano se enfeita com o seu nome. **Kaiser!** Ora! Por momentos, deixará de ter aquele olhar de abutre, de que fala **Dante**.

As enchentes

As chuvas de verão que maltratam a cidade do Rio de Janeiro são o tema desta crônica de Lima Barreto, de 19 de janeiro de 1915, publicada no *Correio da Noite* e posteriormente no livro *Vida urbana*. Nela o escritor critica veementemente o prefeito da cidade do Rio de Janeiro, Pereira Passos, que se preocupa em embelezar a cidade mas não em resolver problemas essenciais. Mais uma crônica atualíssima.

As chuvaradas de verão, quase todos os anos, causam no nosso Rio de Janeiro inundações desastrosas.

Além da suspensão total do tráfego, com uma prejudicial interrupção das comunicações entre os vários pontos da cidade, essas inundações causam desastres pessoais lamentáveis, muitas perdas de haveres e destruição de imóveis.

De há muito que a nossa engenharia municipal se devia ter compenetrado do dever de evitar tais acidentes urbanos.

Uma arte tão ousada e quase tão perfeita, como é a engenharia, não deve julgar irresolvível tão simples problema.

O Rio de Janeiro, da avenida, dos **squares**, dos **freios elétricos**, não pode estar à mercê de chuvaradas, mais ou menos violentas, para viver a sua vida integral.

Como está acontecendo atualmente, ele é função da chuva. Uma vergonha!

Não sei nada de engenharia, mas, pelo que me dizem os entendidos, o problema não é tão difícil de resolver como parece fazerem constar os engenheiros municipais, procrastinando a solução da questão.

Squares: em inglês, praças.

Freios elétricos são bondes elétricos.

O prefeito Passos, que tanto se interessou pelo embelezamento da cidade, descurou completamente de solucionar esse defeito do nosso Rio.

Cidade cercada de montanhas e entre montanhas, que recebe violentamente grandes precipitações atmosféricas, o seu principal defeito a vencer era esse acidente das inundações.

Infelizmente, porém, nos preocupamos muito com os aspectos externos, com as fachadas, e não com o que há de essencial nos problemas da nossa vida urbana, econômica, financeira e social.

Os tais higienistas...

Esta crônica, publicada na revista *Careta* em 4 de dezembro de 1920 e editada no livro *Coisas do Reino do Jambon*, é uma espécie de manifesto contra os higienistas que mandam na cidade. Lima Barreto se refere especialmente a Carlos Chagas que, a seu ver, é um ditador que não enxerga a situação social e econômica da maioria da população brasileira.

Queria escrever uma longa carta ao excelentíssimo senhor doutor **Carlos Chagas** sobre a sua Saúde Pública e o draconiano regulamento que Sua Excelência acaba de extorquir dos poderes da República.

Há muitas **presunções** profissionais. Há a presunção literária, que é ridícula; há a militar, que é odiosa; há a médica, que é de uma lamentável estreiteza; e muitas outras, porque cada profissão tem a sua presunção e se julga como a dominadora de todas as outras, sem perceber que todos os ofícios se entrelaçam e a nossa sociedade é uma rede de artes e **mesteres**, todos eles necessários a ela.

Carlos Chagas (1879-1934): cientista brasileiro que erradicou a malária de Santos. Concluiu suas pesquisas para pôr fim à doença que em sua homenagem recebeu o nome de "mal de chagas". Em 1918, dirigiu a campanha contra a gripe espanhola no Rio de Janeiro.

Presunções são pretensões, orgulhos.

Mesteres são ofícios manuais.

O senhor Chagas é o mais alto representante da presunção médica.

Ele julga que, se há tuberculose, é porque não se decreta tal e qual lei e não se põe a sua execução nas mãos dele e dos seus colegas; se há opilação é porque não se açoita o sujeito que anda descalço e não se fuzila o que não se constrói fossos sépticos nos fundos do seu "**tijupar**" ou cousa que o valha; e, assim, por diante.

> *Tijupar* ou *tijupá* é uma cabana, choupana.

Todos os males da humanidade estariam curados se ela fosse governada por ditadores médicos, auxiliares acadêmicos, mata-mosquitos, etc., etc.

O equilíbrio de outras condições da vida atual com as necessidades da higiene, ele não vê.

Não vê que é preciso dinheiro para se ter boa alimentação, vestuário e domicílio, condições primordiais da mais elementar higiene; entretanto, por isto ou por aquilo, a maioria da população do Brasil se debate na maior miséria, luta com as maiores necessidades, não podendo obter aqueles elementos de vida senão precariamente, mesmo assim custando-lhe os olhos da cara.

Sua Excelência antes de expedir regulamentos minuciosos sobre tantos atos da nossa vida doméstica, devia ter o cuidado de facultar-nos os meios de realizar as suas exigências.

O que há em Sua Excelência, é o que há em todos de sua categoria: Sua Excelência nunca conheceu necessidades e afere a vida dos outros pela sua, feliz e rica.

Por falar nisto, lembro aqui um caso.

Quando morreu o professor **Francisco de Castro**, suspeitou-se que houvesse sido de peste, que reinava entre nós naquele tempo.

> *Francisco de Castro* (1857-1901): médico e escritor brasileiro.

Os médicos da Saúde Pública quiseram verificar a cousa; mas a camarilha do doutor Castro, a cuja frente se achava o senhor Azevedo Sodré, se opôs violentamente que eles cumprissem o seu dever. Chico de Castro não podia morrer de peste bubônica...

São assim os nossos **ferrabrases** de higienistas à prussiana: dois pesos e duas medidas...

> *Ferrabrases* são fanfarrões.

Uma coisa puxa a outra... II

· · · · · · · · · · · · · · · · · · · ·

O tema deste artigo é o Teatro Municipal. Ele foi escrito para a revista *A Estação Teatral* em 22 de abril de 1911 e publicado mais tarde no livro *Impressões de leitura*. Nele Lima Barreto faz uma crítica feroz ao luxuoso teatro que, pelas suas dimensões, nunca ficará cheio, uma vez que o povo, por não poder pagar seus ingressos permanecerá de fora.

· · · · · · · · · · · · · · · · · · · ·

O Teatro Municipal! É inviável. A razão é simples: é muito grande e luxuoso. Supondo que uma peça do mais acatado dos nossos autores provoque uma enchente, repercuta sobre a opinião, haverá no Rio de Janeiro e arredores, inclusive o Méier e Petrópolis, gente suficientemente encasacada para enchê-lo dez, vinte ou trinta vezes? Decerto, não. Se ele não se encher pelo menos dez vezes, por peça, a receita dará para custear a montagem, pagar o pessoal, etc.? Também não.

De antemão, portanto, pode-se afirmar, deixando de apelar para números exatos, que aquilo não é muito prático, é inviável. Bem: há adianto à educação artística da população em representações para platéias vazias? Isso estimula autores que não são nem pateados nem aplaudidos? Até os próprios atores quando olham as platéias vazias e indiferentes, perderão o passo, o gesto, o entusiasmo, ao declamarem lindas tiradas e tiverem de jogar um diálogo vivo.

Hão de concordar, pois, que isso de representar para duas dúzias de cadeiras simplesmente ocupadas e três camarotes abarrotados, não constitui cousa alguma e não merece sacrifício nenhum dos poderes públicos.

Armaram um teatro, cheio de mármores, de complicações luxuosas, um teatro que exige casaca, altas **toilettes**,

> *Toilettes* é um termo francês que aqui quer dizer trajes femininos requintados, próprios para bailes e cerimônias.

decotes, penteados, diademas, adereços, e querem com ele levantar a arte dramática, apelando para o povo do Rio de Janeiro.

Não se tratava bem de povo que sempre entra nisso tudo como Pilatos no Credo. Eternamente ele vive longe desses **tentamens** e não é mesmo nele que os governantes pensam quando cogitam dessas cousas; mas vá lá; não foi bem para o povo; foi para o chefe de seção, o médico da higiene, o engenheiro da prefeitura, gente entre seiscentos mil-réis mensais e cento e pouco. Pelo amor de Deus! Os senhores vêem logo que essa gente não tem casaca e não pode dar todo o mês uma *toilette* a cada filha, e também a mulher!

Para que o tal teatro se pudesse manter era preciso que tivéssemos vinte mil pessoas ricas, verdadeiramente ricas, e magníficas, interessadas por cousas do teatro em português, revezando-se anualmente em representações sucessivas de cinco ou seis peças nacionais.

Ora, isso não há. Não vejo que haja vinte mil pessoas ricas; mas há ricos e ricos.

Não me convém, entretanto, alongar tais considerações, porque entraria no campo do folhetim **França Júnior**, e isso está desde muito no patriotismo do João Foca.

Há duas ou três mil pessoas abnegadas, que têm grande desejo de animar essas cousas, mas ou não são ricas ou não são suficientemente para virem todas as noites no Municipal, pagando altos preços pelos seus lugares, gastando *toilettes*, carros, etc.

Como querem, então, que um teatro daqueles, cheio de mármore, **sanefas**, veludos, **vitraux** e dourados, tendo

---

Tentamens são tentativas, ensaios.

França Júnior (1838-1890): jornalista e escritor brasileiro.

Sanefas são cortinas.

Vitraux, em francês, quer dizer vitrais, pinturas sobre o vidro.

ainda por cima (vá lá) o tal **Assírio**, interesse a população pela literatura dramática, atraída às representações?

Se o governo municipal tivesse sinceramente o desejo de criar o teatro, a sua ação, para ser eficaz, devia seguir outro caminho.

> *Assírio* é o restaurante no subsolo do Teatro Municipal que recebeu este nome por ser decorado com motivos daquela civilização antiga da Mesopotâmia.

Vamos ver como. Primeiro: criar na Saúde, na Cidade Nova, no Engenho de Dentro, em Botafogo, pequenos teatros; entregava-os a pequenas empresas, que, mediante módica subvenção se obrigassem a representar, para a população local (em Botafogo era só para os criados, empregados, etc.), *Os sete degraus do crime*, *O remorso vivo*, *Os dois garotos*, além de mágicas, pequenas revistas e outras trapalhadas. Nesse primeiro ciclo teatral, devia entrar o **Circo Spinelli**, o único atestado vivo do nosso espontâneo gosto pelo teatro.

> O *Circo Spinelli*, de Affonso Spinelli, chegou ao Brasil em 1908. Apresentou-se no Rio de Janeiro, no bairro de São Cristóvão em 1910 com grande sucesso.

Bem: agora o segundo. Construía a **edilidade** um pequeno teatro cômodo, mas sem luxo no centro da cidade e entregava-o a uma companhia mais escolhida que tomasse a peito representar dona Júlia Lopes, João Luso, Roberto Gomes, Oscar Lopes, isto é a ***troupe*** de autores verdadeiramente municipal, sem esquecer alguns autores portugueses e traduções de outros de França e alhures. Este teatro também receberia a sua subvenção, é claro.

> *Edilidade*: Câmara de Vereadores, municipalidade.
>
> *Troupe* é, em francês, trupe: grupo, companhia teatral.

Tenhamos desse modo o ensino primário e secundário teatral; então com o tempo, depois de ter assim este mudado o gosto pelo palco, poderíamos criar o ensino superior, porque não só as vocações iriam aparecendo, como também o hábito de ir ao teatro espalharia o gosto pela casaca. O superior consistiria no ensino da arte de representar, de cenografar, e nas representações de **Shakespeare**, de **Racine**, de **Ibsen**, de **Calderón**, de **Goldoni** e **os Dumas** nacionais que aparecessem.

Não acham justo o programa? Pode ser que tenha defeitos, mas uma qualidade tem: pretende esquecer o edifício pelos alicerces.

Por aqui fico, e proximamente falarei dos autores e da melhor maneira de escrever as peças, tendo em vista o último concurso.

William Shakespeare (1564-1616): poeta e dramaturgo inglês.

Racine (1639-1699): poeta dramático francês.

Henrik Ibsen (1828-1906): escritor norueguês.

Pedro Calderón de la Barca (1600-1681): poeta dramático espanhol.

Carlo Goldoni (1707-1793): autor cômico italiano.

Os Dumas: os escritores franceses Alexandre Dumas (1802-1870) e Alexandre Dumas (1824-1895), pai e filho.

Maio

· · · · · · · · · · · · · · · · · · ·

Aqui temos um clima nostálgico. Nesta crônica o escritor lembra as comemorações pela assinatura da Lei Áurea, ocorrida em 13 de maio de 1888, com a qual os escravos foram decretados homens livres. Lima Barreto era uma criança e foi com seu pai assistir aos festejos. Está presente neste artigo publicado em *A Gazeta da Tarde* em 4 de maio de 1911, e depois no livro *Feiras e mafuás*, o sentimento de Lima Barreto sobre a escravidão e a situação dos negros no Brasil.

· · · · · · · · · · · · · · · · · · ·

Estamos em maio, o mês das flores, o mês sagrado pela poesia. Não é sem emoção que o vejo entrar. Há em minha alma um renovamento; as ambições desabrocham de novo e, de novo, me chegam revoadas de sonhos. Nasci sob o seu signo, a 13, e creio que em sexta-feira; e, por isso, também à emoção que o mês sagrado me traz, se misturam recordações da minha meninice.

Agora mesmo estou a lembrar-me que, em 1888, dias antes da data áurea, meu pai chegou em casa e disse-me: a lei da abolição vai passar no dia de teus anos. E de fato passou; e nós fomos esperar a assinatura no largo do Paço.

Na minha lembrança desses acontecimentos, o edifício do antigo Paço, hoje repartição dos Telégrafos, fica muito alto, um **sky-scraper**; e lá de uma das janelas eu vejo um homem que acena para o povo.

Sky-scraper significa arranha-céu em inglês.

Não me recordo bem se ele falou e não sou capaz de afirmar se era mesmo o grande **Patrocínio**.

José do Patrocínio (1885-1929): jornalista e escritor brasileiro, grande abolicionista.

Havia uma imensa multidão ansiosa, com o olhar preso às janelas do velho casarão. Afinal a lei foi assinada e, num segundo, todos aqueles milhares de pessoas o souberam. A princesa veio à janela. Foi uma ovação: palmas, acenos com lenço, vivas... Fazia sol e o dia estava claro. Jamais, na minha vida, vi tanta alegria. Era geral, era total; e os dias que se seguiram, dias de folganças e satisfação, deram-me uma visão da vida inteiramente festa e harmonia.

Houve missa campal no campo de São Cristóvão. Eu fui também com meu pai; mas pouco me recordo dela, a não ser lembrar-me que, ao assisti-la, me vinha aos olhos a ***Primeira missa***, de Vítor Meireles. Era como se o Brasil tivesse sido descoberto outra vez... Houve o barulho de bandas de músicas, de bombas e **girândolas**, indispensável aos nossos **regozijos**; e houve também **préstitos** cívicos. Anjos despedaçando **grilhões**, alegrias toscas passaram lentamente pelas ruas. Construíram-se estrados para bailes populares; houve desfile de batalhões escolares e eu me lembro que vi a princesa imperial, na porta da atual prefeitura, cercada de filhos, assistindo àquela fieira de numerosos soldados desfiar devagar. Devia ser de tarde, ao anoitecer.

Ela me parecia loura, muito loura, maternal, com um olhar doce e apiedado. Nunca mais a vi e o imperador nunca vi, mas me lembro dos seus carros, aqueles enormes carros dourados, puxados por quatro cavalos, com cocheiros montados e um criado à traseira.

Eu tinha então sete anos e o cativeiro não me impressionava. Não lhe imaginava o horror; não conhecia a sua injustiça. Eu me recordo, nunca conheci uma pessoa escrava. Criado no Rio de Janeiro, na cidade, onde já os escravos rareavam, fal-

---

Primeira missa: pintura célebre, de 1861, que retrata a primeira missa rezada no Brasil.

Girândolas são rodas de foguetes.

Regozijos são alegrias, grandes satisfações.

Préstitos são grupos de pessoas em marcha, cortejos.

Grilhões ou correntes, cordões.

tava-me o conhecimento direto da vexatória instituição, para lhe sentir bem os aspectos hediondos.

Era bom saber se a alegria que trouxe à cidade a lei da abolição foi geral pelo país. Havia de ser, porque já tinha entrado na consciência de todos a injustiça originária da escravidão.

Quando fui para o colégio, um colégio público, à rua do Resende, a alegria entre a criançada era grande. Nós não sabíamos o alcance da lei, mas a alegria ambiente nos tinha tomado.

A professora, dona Teresa Pimentel do Amaral, uma senhora muito inteligente, a quem muito deve o meu espírito, creio que nos explicou a significação da coisa; mas com aquele feitio mental de criança, só uma coisa me ficou: livre! livre!

Julgava que podíamos fazer tudo que quiséssemos; que dali em diante não havia mais limitação aos propósitos da nossa fantasia.

Parece que essa convicção era geral na meninada, porquanto um colega meu, depois de um castigo, me disse: "Vou dizer a papai que não quero voltar mais ao colégio. Não somos todos livres?"

Mas como ainda estamos longe de ser livres! Como ainda nos enleamos nas teias dos preceitos, das regras e das leis!

Dos jornais e folhetos distribuídos por aquela ocasião, eu me lembro de um pequeno jornal, publicado pelos tipógrafos da Casa Lombaerts. Estava bem impresso, tinha umas **vinhetas elzevirianas**, pequenos artigos e sonetos. Desses, dois eram dedicados a José do Patrocínio e o outro à princesa. Eu me lembro, foi a minha primeira emoção poética a leitura dele. Intitulava-se "Princesa e mãe" e ainda tenho de memória um dos versos:

Vinhetas elzevirianas são pequenas ilustrações que fazem alusão aos Elzevires, família de impressores, editores e livreiros holandeses dos séculos XVI e XVII.

"Houve um tempo, senhora, há muito já passado..."

São boas essas recordações; elas têm um perfume de saudade e fazem com que sintamos a eternidade do tempo. Oh! O tempo! O inflexível tempo, que como o Amor, é também irmão da Morte, vai ceifando aspirações, tirando presunções, trazendo desalentos, e só nos deixa na alma essa saudade do passado às vezes composta de coisas fúteis, cujo relembrar, porém, traz sempre prazer.

Quanta ambição ele não mata! Primeiro são os sonhos de posição: com os dias e as horas e, a pouco e pouco, a gente vai descendo de ministro a **amanuense**; depois são os do Amor — oh! como se desce nesses! Os de saber, de erudição, vão caindo até ficarem reduzidos ao bondoso **Larousse**. Viagens... Oh! As viagens! Ficamos a fazê-las nos nossos pobres quartos, com auxílio do **Baedecker** e outros livros complacentes.

> *Amanuense* era o funcionário público de condição modesta.
>
> *Larousse* (1817-1875): gramático e lexicógrafo francês.
>
> *Baedecker* (1801-1859): livreiro alemão, editor de guias turísticos.

Obras, satisfações, glórias, tudo se esvai e se esbate. Pelos trinta anos, a gente que se julgava Shakespeare, está crente que não passa de um "Mal das Vinhas" qualquer; tenazmente, porém, ficamos a viver, esperando, esperando... o quê? O imprevisto, o que pode acontecer amanhã ou depois. Esperando os milagres do tempo e olhando o céu vazio de Deus ou Deuses, mas sempre olhando para ele, como o filósofo **Guyau**.

> *Guyau* (1854-1888): filósofo francês.

Esperando, quem sabe se a sorte grande ou um tesouro oculto no quintal?

E maio volta... Há pelo ar **blandícias** e afagos; as coisas ligeiras têm mais poesia; os pássaros como que cantam melhor; o verde das encostas é mais macio;

> *Blandícias* ou carícias.

um forte **flux** de vida percorre e anima tudo...

> *Flux* ou fluxo.

O mês augusto e sagrado pela poesia e pela arte, jungido eternamente à marcha da Terra, volta; e os galhos da nossa alma que tinham sido amputados — os sonhos, enchem-se de brotos muito verdes, de um claro e macio verde de pelúcia, reverdecem mais uma vez, para de novo perderem as folhas, secarem, antes mesmo de chegar o tórrido dezembro.

E assim se faz a vida, com desalentos e esperanças, com recordações e saudades, com tolices e coisas sensatas, com baixezas e grandezas, à espera da morte, da doce morte, padroeira dos aflitos e desesperados...

O subterrâneo do morro do Castelo

Certamente este é um dos textos mais saborosos de Lima Barreto. Nesta reportagem publicada em 28 de abril de 1905, em *O Correio da Manhã*, o escritor produz um texto jornalístico e ficcional ao mesmo tempo. Trata-se de uma reportagem sobre o subterrâneo do morro do Castelo descrito com pitadas de suspense, já que se acreditava estarem ali escondidos vários tesouros. A série de matérias, publicada em maio de 1905, acompanha as escavações que a prefeitura da cidade do Rio de Janeiro realiza até a descoberta de um túnel cuja saída era desconhecida.

O SUBTERRÂNEO DO MORRO DO CASTELO
FABULOSAS RIQUEZAS – OUTROS SUBTERRÂNEOS

Os leitores hão de estar lembrados de que, há tempos, publicamos uma interessante série de artigos da lavra do nosso colaborador Léo Junius, subordinados ao título *Os subterrâneos do Rio de Janeiro*.

Neles vinham descritas conscienciosamente e com o carinho que sempre o autor dedicou aos assuntos arqueológicos as galerias subterrâneas, construídas há mais de dois séculos pelos padres jesuítas, com o fim de ocultar as fabulosas riquezas da comunidade, ameaçadas de **confisco** pelo braço férreo do **marquês de Pombal**.

Verdade ou lenda, caso é que este fato nos foi trazido pela tradição oral e com tanto mais **viso** de exatidão quanto nada de inverossímil nele se continha.

De feito: a ordem fundada por Inácio de Loiola, em 1539, cedo se tornou célebre pelas imensas riquezas que encerravam as suas arcas, a ponto de se

Confisco é o ato de apossar-se em proveito do fisco.

Marquês de Pombal (1699-1782): estadista português que tomou medidas importantes para o Brasil como a mudança da capital de Salvador para o Rio de Janeiro.

Viso é o mesmo que indício, vestígio.

ir tornando a pouco e pouco uma potência financeira e política na Europa e na América, para onde emigraram em grande parte, fugindo às perseguições que lhe eram movidas na França, na Inglaterra, na Rússia e mesmo na Espanha, principal baluarte da Companhia.

Em todos estes países os bens da Ordem de Jesus foram confiscados, não sendo pois de admirar que, expulsos os discípulos de Loiola, em 1759, de Portugal e seus domínios pelo fogoso ministro de d. José I, procurassem a tempo salvaguardar os seus bens contra a lei de exceção aplicada em outros países, em seu prejuízo.

A hipótese, pois, de existirem no morro do Castelo, sob as fundações do vasto e velho convento dos jesuítas, objetos de alto lavor artístico, em ouro e em prata, além de moedas sem conta e uma grande biblioteca, tomou vulto em breve, provocando o faro arqueológico dos revolvedores de ruinarias e a **auri sacra fames** de alguns capitalistas, que chegaram mesmo a se organizar em companhia, com o fim de explorar a empoeirada e úmida **colchida** dos jesuítas. Isto foi pelos tempos do **Encilhamento**.

Sucessivas escavações foram levadas a efeito, sem êxito apreciável; um velho, residente em Santa Teresa, prestou-se a servir de guia aos bandeirantes da nova espécie, sem que de todo este insano trabalho rendesse afinal alguma coisa a mais que o pranto que derramaram os capitalistas pelo dinheiro despendido e o eco dos risos **casquilhos** de **mofa**, de que foram alvo por longo tempo os novos **Robérios Dias**.

Auri sacra fames é uma expressão do poeta Virgílio em *Eneida* que significa execrável fome de ouro.

Aqui, *colchida* quer dizer riqueza, tesouro.

Encilhamento: política financeira de Rui Barbosa, implantada após a Proclamação da República (1889-1891), que levou os pequenos investidores a um baque financeiro.

Casquilhos são pessoas que se vestem com apuro exagerado.

Mofa ou zombaria.

Robério Dias: explorador de minas de prata no Brasil no século XVI.

> *Avenida*: o autor se refere à avenida Central inaugurada em 15 de novembro de 1905, pelo prefeito Pereira Passos. Depois passou a chamar-se avenida Rio Branco.

> *Azáfama* é o mesmo que trabalho muito ativo.
>
> *Isócronos* são os que se realizam com intervalos iguais.
>
> *Alviões* são picaretas.
>
> *Talude* é um terreno inclinado, escarpa.

Estes fatos já estavam quase totalmente esquecidos, quando ontem novamente se voltou a atenção pública para o desgracioso morro condenado a ruir em breve aos golpes da picareta demolidora dos construtores da **avenida**.

Anteontem, ao cair da noite, era grande a **azáfama** naquele trecho das obras.

A turma de trabalhadores, em golpes **isócronos** brandiam os **alviões** contra o terreno multisecular, e a cada golpe, um bloco de terra negra se deslocava, indo rolar, desfazendo-se, pelo **talude** natural do terreno revolvido.

Em certo momento, o trabalhador Nelson, ao descarregar com pulso forte a picareta sobre as últimas pedras de um alicerce, notou com surpresa que o terreno cedia, desobstruindo a entrada de uma vasta galeria.

O dr. Dutra, engenheiro a cujo cargo se acham os trabalhos naquele local, correu a verificar o que se passava e teve ocasião de observar a seção reta da galeria (cerca de 1,60m de altura por 0,50m de largura).

O trabalho foi suspenso a fim de que se dessem as providências convenientes em tão estranho caso; uma sentinela foi colocada à porta do subterrâneo que guarda uma grande fortuna ou uma enorme e secular pilhéria; e, como era natural, o sr. ministro da Fazenda, que já tem habituada a pituitária aos perfumes do dinheiro, lá compareceu, com o dr. Frontin e outros engenheiros, a fim, talvez, de informar à curiosa *comissão* se achava *aquilo* com cheiro de casa-forte... O comparecimento de S. Ex[a]., bem como a conferência que hoje se deve realizar entre o dr. Frontin e o dr. **Lauro Müller**, levam-nos a supor que nas altas camadas se acredita na existência de tesouros dos jesuítas no subterrâneo do morro do Castelo.

> *Lauro Müller* (1863-1926) foi secretário de viação e obras públicas no governo Rodrigues Alves.

Durante toda a tarde de ontem, crescido número de curiosos estacionaram no local onde se havia descoberto a entrada da galeria, numa natural sofreguidão de saber o que de certo existe sobre o caso.

Hoje continuarão os trabalhos, que serão executados por uma turma especial, sob as imediatas vistas do engenheiro da turma.

Que uma fada benfazeja conduza o dr. Dutra no afanoso mister de descobridor de tesouros, tornando-o em Mascote da avenida do dr. Frontin.

. . . .

A propósito da descoberta deste subterrâneo, temos a acrescentar que, segundo supõe o dr. Rocha Leão, nesta cidade existem outros subterrâneos do mesmo gênero e de não menos importância.

Assim é que na Chácara da Floresta deve existir um, que termina no local onde foi o Theatro Phenix; um outro que, partindo da praia de Santa Luzia, vai terminar num ângulo da sacristia da Igreja Nova.

Ainda outro, partindo também de Santa Luzia, termina num pátio, em frente à cozinha da Santa Casa de Misericórdia, além de outros ainda, de menor importância.

O dr. Rocha Leão, que obteve há tempos concessão do governo para exploração dos chamados subterrâneos do Rio de Janeiro, assevera mais, em carta a nós dirigida, que na travessa do Paço há um armazém em ruínas, em uma de cujas reforçadas paredes está oculta a entrada para uma galeria que vai até os fundos da Catedral; daí se dirige paralelamente a rua do Carmo até o beco do Cotovelo, onde se bifurca e sobe pela ladeira até à igreja.

Segundo o mesmo arqueólogo, nestes subterrâneos se devem encontrar, além de grandes riquezas, o arquivo da capitania do Rio de Janeiro, a opulenta biblioteca dos padres e os mapas e roteiros das minas do Amazonas...

Pelo que vêem, eis aí farta messe de assunto para os amadores de literatura fantástica e para os megalômanos, candidatos a um aposento na **praia da Saudade**.

> *Praia da Saudade* é uma região no bairro da Urca onde ficava o Hospício Nacional dos Alienados.

. . . .

O SUBTERRÂNEO DO MORRO DO CASTELO

Mais uma galeria subterrânea foi descoberta ontem no morro do Castelo. Decididamente a velha mole geológica, esventrada pela picareta do operário descrente, despe o mistério que a envolvia e escancara o seu bojo oco e cobiçado à pesquisa dos curiosos.

Já ninguém contesta que o morro lendário, célula matriz de Sebastianópolis, encerra nas arcas de seus poços interiores, atulhados pela caliça de três séculos e meio, um alto, um elevado tesouro... bibliográfico, pelo menos.

Em toda parte do morro, onde a picareta fere mais fundo, responde um eco grave no interior, eco que vai de galeria em galeria quebrar-se nas vastas abóbadas onde repousam os 12 apóstolos de ouro.

Mais um mês, mais oito dias, quem sabe, e o santo Inácio de Loiola, há trezentos anos afundado na tenebrosa escuridão do cárcere calafetado, emergirá à luz dos nossos dias, todo refulgente nos doirados de sua massa **fulva**.

> *Fulva*: amarelo tostado, aloirado.

Há por força dentro do morro do Castelo uma riqueza fabulosa deixada pelos discípulos de Loiola na sua precipitada fuga sob o açoite de Pombal.

Tanto metal precioso em barra, em pó, em estátuas e objetos do culto, não podia passar despercebido à arguta polícia do ministro **incréu** e **atilado**.

Na sua mudez de catacumbas seculares, os subterrâneos do Castelo bem serviriam para guardar os tesouros da Ordem mais rica do mundo e ainda os guardam certamente.

> *Incréu* é quem não acredita nos outros.
>
> *Atilado* é o mesmo que sagaz, esperto.

Mas agora chegou o tempo de quebrar o segredo de sua riqueza e ser espoliado de seu olímpico depósito.

O homem já se não contenta em querer escalar o céu, quer também descer ao coração da terra e não poderá o morro do Castelo embaraçar-lhe a ação.

Há de rasgar-se, há de mostrar o labirinto de suas acidentadas galerias e há de espirrar para fora os milhões que vêm pulverizando numa digestão secular.

Um dia destes foi num dos flancos que se abriu a boca silenciosa de um corredor escuro que os homens interrogam entre curiosos e assustados; hoje é a própria cripta do morro que se parte como a querer bradar para o céu o seu protesto contra a irreverência e avidez dos homens!

Mas os operários prosseguem cada vez mais porfiados em ver quem primeiro colhe o prazer ultra-humano de descobrir o moderno Eldorado.

Foi ontem; uma turma explorava o dorso imoto do morro; súbito a ponta da picareta de um operário bate num vazio e some-se...

A boca negra de um outro subterrâneo escancarava-se.

Pensam uns que é a entrada, arteiramente disfarçada, de uma outra galeria; opinam outros que é simples ventilador dos corredores ocultos.

Seja o que for, porém, a coisa é verdadeira, lá está a oito metros abaixo do solo emparedada a tijolo velho.

Trouxemos uma terça parte de um dos tijolos para nosso escritório onde quem quiser a pode examinar.

. . . .

Os subterrâneos do Rio de Janeiro e as riquezas dos jesuítas

A multidão apinhava-se curiosa, diante do morro do Castelo, em cujo imenso bojo se entesouram riquezas fabulosas, abandonadas pelos jesuítas na precipitação da retirada.

Olhos ávidos de descobrir na sombra pesada da galeria o rebrilho de uma peça de ouro, ouvidos atentos ao mínimo ruído vindo de dentro, toda aquela gente, nos lazeres do feriado de ontem, se acotovelava ao longo da cerca de arame, que a previdência oficial construiu, para maior segurança do subterrâneo opulento.

Íamos sequiosos de novas do Castelo e das suas lendárias coisas; mas, na dilatada área defesa ao público, não havia o movimento habitual dos dias de labor. Pequerruchos despreocupados revolviam a terra e à porta soturna da galeria dois negros cérberos vigiavam, modorrentos, o tesouro secular.

Aproximamo-nos. Havia uma franca comunicatividade entre os curiosos, trocavam-se comentários estranhos fugazes, fazem-nos crer que a mão que o traçou foi de jesuíta.

Um — *nós* — riscado e precedendo a expressão — *os jesuítas* — entre vírgulas, e a maneira familiar de que o códice fala das coisas da poderosa Ordem, levam-nos a tal suposição.

Os leitores julguem pela leitura que vão fazer da crônica intitulada:

D. Garça
ou
O que se passou em meados do século XVIII,
nos subterrâneos dos padres da
Companhia de Jesus,
na cidade de S. Sebastião do
Rio de Janeiro, a mui heróica,
por ocasião da primeira invasão dos franceses
a mando de Clerc.

Como vêem, o título se alonga num enorme subtítulo, e, de acordo com a conveniência do jornal, nós iremos publicando o vetusto palimpsesto encimado unicamente pela primeira parte: d. Garça — elegante alcunha da estranha heroína que o velho cronicou.

. . . .

Os subterrâneos do Rio de Janeiro
O tesouro dos jesuítas
Um caso de amor

Conforme ontem prometemos ao leitor, iniciamos hoje a publicação da interessante narrativa por nós encontrada entre vetustos papéis referentes à história dos jesuítas do morro do Castelo.

Traduzimo-la, como ficou dito, em português moderno, conservando apenas no diálogo o sabor pitoresco característico daquela época, na impossibilidade de conservá-lo em todo o correr da narrativa.

D. Garça

I

Boas novas e novas más

— Vai-te deitar, Bárbara. Com o demo, que hoje muito queres transmontar às matinas?!...

— Sinhá dona, meu senhor ainda não veio; e o chá?

— Porventura todos os dias esperas Gonçalves para te recolher?

— Não; sinhá dona.

A preta velha, respondendo, ia arrumando cuidadosamente os bilros sobre a almofada das rendas. E, assim que acabou, ergueu-se com dificuldade do assento raso em que estava, e tirou o lenço de Alcobaça, que, em coifa, lhe cobria a cabeça.

Antes, porém, de tomar a bênção respeitosa, a escrava aventurou ainda algumas palavras:

— Sinhá dona soube que hoje entrou no Rio a frota do reino?

— Soube... e por quê? indagou **pressurosa** a senhora.

Pressurosa quer dizer irrequieta, impaciente.

— Talvez meu senhor não viesse cedo por ter ficado com o governador a ajudar o despacho da correspondência das Minas e Piratininga, chegada na frota. Não é?

— Pode ser... e no que te importa isso?

— Nada, sinhá. Lembrava só.

— Bem. Vai-te deitar, disse então com império à escrava a senhora, descansando sobre a mesa o livro que lia.

Saindo a negra, a mulher que lhe dera ordens ergueu o busto acima do bufete e cravou o olhar num grande armário defronte, reluzente de prata e coberto de lavores de talha, em carvalho.

Pouco tempo esteve assim. Dentro de alguns minutos a pesada peça moveu-se um tanto, sem **bulha** e suavemente; e da fresta aberta, de **roupeta** e **solidel**, surgiu um religioso, trazendo na mão esquerda uma lanterna surda. Mal a depondo sobre um consolo próximo, saudou familiarmente à senhora, que parecia esperá-lo.

> *Bulha* é gritaria, confusão.
>
> *Roupeta* é o traje de sacerdote, batina.
>
> *Solidel* é um pequeno barrete que os bispos usam para cobrir a cabeça.

— Louvado seja Nosso Senhor Jesus Cristo, Alda.

— Louvado seja, Jean.

Não se sentou logo; antes de fazê-lo sacudiu das mangas da batina alguns salpicos de barro molhado.

Era um homem alto, alongado, de formas finas. Um tanto obeso já, a sua obesidade **discrepava** lamentavelmente do seu todo aristocrático. Nos seus olhos azuis, ora indagadores, ora **mortiços** e apagados, às vezes penetrantes, havia um inteiro arsenal de análise d'almas.

> *Discrepava* ou diferia, era diverso.
>
> Olhos *mortiços* são olhos sem brilho, desanimados.

Se outro indício não houvesse, este bastava para caracterizar o religioso. Era jesuíta, e **professo** também — o que se adivinhava na convicção interior a irradiar-lhe pela fisionomia.

> *Professo* é a pessoa que fez votos para uma ordem religiosa.

Como não houvesse chovido e ele limpasse das mangas manchas pegajosas de barro umedecido, bem parecia que as havia apanhado ao atravessar um lugar lamacento e úmido.

E o cheiro de terra que, à sua entrada, logo recendeu pela sala, dava a supor que viesse por caminho subterrâneo, guiado pela luz da lanterna.

> No trecho *"Tudo fazia acreditar que aquele religioso (...) fantásticas."*, Lima Barreto mostra sua capacidade de misturar elementos da linguagem jornalística em um texto de ficção com um clima de suspense.

Tudo fazia acreditar que aquele religioso não passara pelas ruas. Àquelas horas era excepcional transeuntes pela cidade; e um clérigo levantaria maldosas suspeitas.

Em 1709, o Rio de Janeiro era uma pequena cidade de 12 a 15 mil habitantes. Iluminação não havia de espécie alguma; a não ser em alguns nichos devotos, velas ou candeias acesas aqui, ali, nas beiradas dos telhados baixos, povoando as vielas de sombras fantásticas.

Depois do anoitecer, a cidade morria: e somente um ou outro corredor de aventuras ousava atravessar a treva, armado até os dentes.

O jesuíta que ali estava não era desses; viera com certeza por caminho seguro e só dele sabido.

Do Colégio ao alto do Castelo, ele descia para a grande cripta embaixo da praça de S. Sebastião. Não penetrava em qualquer de suas salas. Seguia pelo corredor circular até à galeria de Oeste, que ia ter a Santo Antônio e ao morro da Conceição; e em certa altura, subia em rampa um desvio à direita, feito **adrede**, até encontrar um segundo, em conveniente plano horizontal, pelo qual penetrava naquela casa da rua da Ajuda, próximo à de S. José, por um flanco dela que beijava a colina.

> *Adrede* é o mesmo que de propósito, intencionalmente.

Quem da rua contemplasse essa casa, nada encontraria de anormal. Tinha dois pavimentos. No superior se abriam três janelas com sacadas de grade de pau, em xadrez; e estava ocupado pelos donos. O térreo possuía duas largas portas e abrigava alguns escravos com a preciosa *cadeirinha*, que levava os senhores pelas martirizantes ruas da incipiente cidade.

Tal era a casa de Martim Gonçalves Albernaz, almoxarife do paiol da alfândega da cidade de S. Sebastião.

O seu serviço era luxuoso. Havia baixela de prata e porcelana da Índia; e os portadores de sua **liteira** tinham **libré** própria.

> *Liteira* é uma espécie de cadeirinha conduzida por duas pessoas.
>
> *Libré*: uniforme de criado de casas nobres.

As más línguas diziam que nelas se cortava Fazenda Real... mas outros pretendiam que a senhora possuía bens e abundantes cabedais na terra do seu nascimento...

Logo que se sentou, à margem do *bufete* de jacarandá, na cadeira de alto espaldar e assento de couro lavrado e repregado com pregaria de cobre, o jesuíta disse:

— Dá-me de beber, Alda. Já faz frio.

D. Alda levantou-se e tirou do armário um **pichel** com vinho branco e dois copos.

> *Pichel*: antiga vasilha usada para tirar vinho dos tonéis.

De pé, ela era como um frágil caniço. Delgada, esguia, nem a elevação dos seios lhe quebrava a unidade da linha. Por todo o seu corpo, não havia interrupções ou soldagens de partes: era feita de um só traço. Vestia de branco; e as **cânulas do cabeção** em leque, erguido atrás da nuca, eram como as pétalas de uma dália extravagante, sua cabeça de traços regulares figurava como um disforme pistilo imprevisto.

> *Cânulas do cabeção* são tubos de plástico ou metal, abertos dos dois lados para serem introduzidos no corpo.

Movia-se lentamente, levemente, como uma cegonha nos banhados.

Quer na rua, quer em casa, vestia-se com rigor.

Era sempre branco o corpete e, aberto triangularmente no colo, permitia entrever a opala de sua pele. O resto do corpo ficava-lhe envolvido no abundante panejamento do vestuário da época.

Os cabelos negros, longe de trazê-los à moda do tempo, repartia-os ao meio da testa, e empastando-os à esquerda e à direita, deixava-os cair sobre as orelhas, unindo-os nas costas em novelo...

Os bruzundangas

....

Através destes três capítulos escolhidos, pode-se ter uma noção da veia satírica de Lima Barreto. O escritor inventa um país — Bruzundanga — e, através de um narrador, conta o que viu neste país estranho e ao mesmo tempo extraordinariamente parecido com o Brasil. No primeiro capítulo descobrimos como é a política e como agem os políticos de Bruzundanga. Conta a sátira que, quando um indivíduo torna-se político, a primeira coisa que pensa é ser de carne e sangue diferente do resto da população.

....

IV
A POLÍTICA E OS POLÍTICOS DA BRUZUNDANGA

A minha estadia na Bruzundanga foi demorada e proveitosa. O país, no dizer de todos, é rico, tem todos os minerais, todos os vegetais úteis, todas as condições de riqueza, mas vive na miséria. De onde em onde, faz uma "parada" feliz e todos respiram. As cidades vivem cheias de carruagens; as mulheres se arreiam de jóias e vestidos caros; os cavalheiros *chics* se mostram, nas ruas, com bengalas e trajos apurados; os banquetes e as recepções se sucedem.

Não há amanuense do Ministério do Exterior de lá que não ofereça banquetes por ocasião de sua promoção ao cargo imediato.

Isso dura dois ou três anos; mas, de repente, todo esse aspecto da Bruzundanga muda. Toda a gente começa a ficar na miséria. Não há mais dinheiro. As confeitarias vivem às moscas; as casas de elegâncias põem à porta verdadeiros recrutadores de fregueses; e os judeus do açúcar e das casas de prego começam a enriquecer doidamente.

Por que será tal coisa? — hão de perguntar.

É que a vida econômica da Bruzundanga é toda artificial e falsa nas suas bases, vivendo o país de expedientes.

Entretanto, o povo só acusa os políticos, isto é, os seus deputados, os seus ministros, o presidente, enfim.

O povo tem em parte razão. Os seus políticos são o pessoal mais medíocre que há. Apegam-se a velharias, a coisas estranhas à terra que dirigem, para achar solução às dificuldades do governo.

A primeira coisa que um político de lá pensa, quando se guinda às altas posições, é supor que é de carne e sangue diferente do resto da população.

O valo de separação entre ele e a população que tem de dirigir faz-se cada vez mais profundo.

A Nação acaba não mais compreendendo a massa dos dirigentes, não lhe entendendo estes a alma, as necessidades, as qualidades e as possibilidades.

Em face de um país com uma população já numerosa em relação ao território ocupado efetivamente — na Bruzundanga, os seus políticos só pedem e proclamam a necessidade de introduzir milhares e milhares de forasteiros.

Dessa maneira, em vez de procurarem encaminhar para a riqueza e para o trabalho a população que já está, eles, por meio de capciosas publicações, mentirosas e falsas, atraem para a nação uma multidão de necessitados cuja desilusão, após certo tempo de estadia, mais concorre para o mal-estar do país.

Bossuet dizia que o verdadeiro fim da política era fazer os povos felizes; o verdadeiro fim da política dos políticos da Bruzundanga é fazer os povos infelizes.

Já lhes contei aqui como o doutor Felixhimino Ben Karpatoso, tido como grande financista naquele país, se saiu quando se tratou de resolver grandes dificuldades financeiras da nação. Pois bem:

> *Bossuet* (1627-1704): escritor e religioso francês, que apoiou a política religiosa de Luis XIV de combate aos protestantes.

esse senhor não é o único exemplo da singular capacidade mental dos homens públicos da Bruzundanga.

Outros eu poderia citar. Há lá um que, depois de umas exibições vaidosas de retratos nos jornais e coisas equivalentes, se casou rico e deu para ser católico praticante.

Encontrou o caminho de Damasco que é ainda uma cidade opulenta. Entretanto, eu quando freqüentei a Universidade da Bruzundanga o conheci como adepto do positivismo do rito do nosso Teixeira Mendes. Quis meter-se na política, fugiu do positivismo e, antes de dez anos, ei-lo de **balandrau** e vara a acompanhar procissões.

> Balandrau é uma roupa usada por algumas irmandades em cerimônias religiosas.

Depois de sua conversão, foi eleito definidor, fabriqueiro, escrivão de várias irmandades e ordens terceiras.

Aliás, na Bruzundanga, não há sujeito ateu ou materialista em regra que, ao se casar com mulher rica, não se faça instantaneamente católico apostólico romano. Assim fez esse meu antigo colega.

Esse homem, ou antes esse rapaz, que tão rapidamente se passou de uma idéia religiosa para a outra, esse rapaz cuja insinceridade é evidente, é ajudado em todas as suas pretensões, veleidades, desejos, pelos bispos, frades, padres e irmãs de caridade.

As irmãs de caridade gozam, lá na Bruzundanga, de uma influência poderosa. Não quero negar que, como enfermeiras de hospitais, elas prestem serviços humanitários dignos de todo nosso respeito; mas não são essas que os cínicos ambiciosos da Bruzundanga cortejam. Eles cortejam aquelas que dirigem colégios de meninas ricas. Casando-se com uma destas, obtêm eles influência das colegas, casadas também com grandes figurões, para arranjarem posições e lugares rendosos.

Toda a gente sabe como o pessoal eclesiástico consegue manter a influência sobre os seus discípulos, mesmo depois de

> Anatole France (1844-1924): escritor francês. Ganhou o Prêmio Nobel em 1921.

terminarem os seus cursos. **Anatole France**, em *L'Église et la république*, mostrou isso muito bem. Os padres, freiras, irmãs de caridade não abandonam os seus alunos absolutamente. Mantêm sociedades, recepções, etc., para os seus antigos educandos; seguem-lhes a vida de toda a forma, no casamento, nas carreiras, nos seus lutos, etc.

> *Maçonaria* é uma sociedade parcialmente secreta cujo objetivo principal é a filantropia.

De tal forma fazem isto que constituem uma espécie de **maçonaria** a influir no espírito dos homens, através das mulheres que eles esposam.

E os malandros que sabem dessa teia formada acima dos néscios, dos sinceros e dos homens de pensamento, tratam de cavar um dote e uma menina das irmãs, o que vem a ser uma e única coisa.

Disse-nos um velho que conheceu escravos na Bruzundanga que foram elas, as irmãs dos colégios ricos, as mais tenazes inimigas da abolição da escravidão. Dominando as filhas e mulheres dos deputados, senadores, ministros, dominavam de fato os deputados, os senadores e os ministros. **Ce que femme veut...**

> *Ce que femme veut* é uma expressão francesa que quer dizer o que deseja uma mulher.

Na Bruzundanga, onde os casamentos desastrosos abundam como em toda a parte, não é lei o divórcio por causa dessa influência hipócrita e tola, provinda dos ricos colégios de religiosos, onde se ensinam a papaguear o francês e acompanhar missa.

Esta dissertação não foi à toa, em se tratando de política e políticos da Bruzundanga, porque estes últimos são em geral casados com moças educadas pelas religiosas e estas fazem a política do país.

Com esse apoio forte, apoio que resiste às revoluções, às mudanças de regime, eles tratam, no poder, não de atender as necessidades da população, não de lhes resolver os problemas vitais, mas de enriquecerem e firmarem a situação de seus descendentes e colaterais.

Não há lá homem influente que não tenha, pelo menos, trinta parentes ocupando cargos do Estado; não há lá político influente que não se julgue com direito a deixar para os seus filhos, netos, sobrinhos, primos, gordas pensões pagas pelo Tesouro da República.

No entanto, a terra vive na pobreza; os latifúndios abandonados e indivisos; a população rural, que é a base de todas as nações, oprimida por chefões políticos, inúteis, incapazes de dirigir a coisa mais fácil desta vida.

Vive sugada, esfomeada, maltrapilha, **macilenta**, amarela, para que, na sua capital, algumas centenas de parvos, com títulos altissonantes disso ou daquilo, gozem vencimentos, subsídios, duplicados e triplicados, afora rendimentos que vêm de outra e qualquer origem, empregando um grande palavreado de quem vai fazer milagres.

> *Macilenta* é magra e pálida, descarnada.

Um povo desses nunca fará um *haro*, para obter terras.

> *Haro* ou campo, terra lavrada.

A República dos Estados Unidos da Bruzundanga tem o governo que merece. Não devemos estar a perder o latim com semelhante gente; eu, porém, que me propus a estudar os seus usos e costumes, tenho que ir até ao fim.

Não desanimarei e ainda mais uma vez lembro, para bem esclarecer o que fica dito acima, que o grande Bossuet disse que a política tinha por fim fazer a felicidade dos povos e a vida cômoda.

> Águia de Meaux: apelido dado ao bispo de Meaux, Jacques Benigne Bossuet.

A **Águia de Meaux**, creio eu, não afirmou isso somente para edificação de algumas beatas.

....

No capítulo "As riquezas da Bruzundanga", Lima Barreto fala da geografia daquele país, das suas riquezas naturais e de como, apesar disso, o povo é explorado pelo governo com altos impostos.

....

V

AS RIQUEZAS DA BRUZUNDANGA

Quando abrimos qualquer compêndio de geografia da Bruzundanga; quando se lê qualquer poema patriótico desse país, ficamos com a convicção de que essa nação é a mais rica da terra. "A Bruzundanga", diz um livro do grande sábio Volkate Ben Volkate, "possui nas entranhas do seu solo todos os minerais da terra.

"A província das Jazidas tem ouro, diamantes; a dos Bois, carvão de pedra e turfa; a dos Cocos, diamantes, ouro, mármore, safiras, esmeraldas; a dos Bambus, cobre, estanho e ferro. No reino mineral, nada pede o nosso país aos outros. Assim também no vegetal, em que é sobremodo rica a nossa maravilhosa terra.

"A borracha", continua ele, "pode ser extraída de várias árvores que crescem na nossa opulenta nação; o algodoeiro é quase nativo; o cacau pode ser colhido duas vezes por ano; a cana-de-açúcar nasce espontaneamente; o café, que é a sua principal riqueza, dá quase sem cuidado algum e assim todas as plantas úteis nascem na nossa Bruzundanga com facilidade e rapidez, proporcionando ao estrangeiro a sensação de que ela é o verdadeiro paraíso terrestre."

Nesse tom, todos os escritores, tanto os mais calmos e independentes como os de encomenda, cantam a formosa terra da Bruzundanga.

Os seus acidentes naturais, as suas montanhas, os seus rios, os seus portos são também assim decantados. Os seus rios são os mais longos e profundos do mundo; os seus portos, os mais fáceis ao acesso de grandes navios e os mais abrigados, etc., etc.

Entretanto, quem examinar com calma esse **ditirambo** e o confrontar com a realidade dos fatos há de achar estranho tanto entusiasmo.

> *Ditirambo* é uma composição lírica que expressa entusiasmo ou delírio.

A Bruzundanga tem carvão, mas não queima o seu nas fornalhas de suas locomotivas. Compra-o à Inglaterra, que o vende por bom preço. Quando se pergunta aos sábios do país por que isso se dá, eles fazem um relatório deste tamanho e nada dizem. Falam em calorias, em teor de enxofre, em escórias, em grelhas, em fornalhas, em carvão americano, em **briquettes**, em camadas e nada explicam de todo. Os do povo, porém, concluem logo que o tal carvão de pedra da Bruzundanga não serve para fornalhas, mas, com certeza, pode ser aproveitado como material de construção, por ser de pedra. O que se dá com o carvão, dá-se com as outras riquezas da Bruzundanga. Elas existem, mas ninguém as conhece. O ouro, por exemplo, é tido como uma das fortunas da Bruzundanga, mas lá não corre uma moeda desse metal. Mesmo nas **montras** dos cambistas, as que vemos são estrangeiras. Podem ser turcas, **abexins**, chinas, gregas, mas do país não há nenhuma. Contudo, todos afirmam que o país é a pátria do ouro.

> *Briquettes* são tijolos compostos de carvão ou piche, em francês.

> *Montras* são mostruários.
>
> *Abexins* ou abissínios: pertencentes ou relativos a Abissínia, atual Etiópia.

O povo da Bruzundanga é doce e crente, mais supersticioso do que crente, e entre as suas superstições está esta do ouro. Ele nunca o viu, ele nunca sentiu o seu brilho fascinador; mas todo o bruzundanguense está certo de que possui no seu quintal um filão de ouro.

Com o café dá-se uma coisa interessante. O café é tido como uma das maiores riquezas do país; entretanto é uma das maiores pobrezas. Sabem por quê? Porque o café é o maior "mordedor" das finanças da Bruzundanga.

Eu me explico. O café, ou antes, a cultura do café é a base da oligarquia política que domina a nação. A sua árvore é cultivada em grandes latifúndios pertencentes a essa gente, que, em geral, mal os conhece, deixando-os entregues a administradores, senhores, nestas vastas terras, de **baraço** e **cutelo**, distribuindo soberanamente justiça, só não cunhando moeda, porque, desde séculos, tal coisa é privilégio do rei.

> *Baraço* é o mesmo que corda.
>
> *Cutelo* é um instrumento cortante de ferro.

Os proprietários dos latifúndios vivem nas cidades, gastando à larga, levando vida de nababos e com fumaças de aristocratas. Quando o café não lhes dá o bastante para as suas imponências e as da família, começam a clamar que o país vai à garra; que é preciso salvar a lavoura; que o café é a base da vida econômica do país; — e zás — arranjam meios e modos do governo central decretar um empréstimo de milhões para valorizar o produto.

Curiosos economistas que pretendem elevar o valor de uma mercadoria cuja oferta excede às necessidades da procura. Mais sábios, parece, são os donos de armarinho que dizem vender barato para vender muito...

Arranjando empréstimo, está a coisa acabada. Eles, os oligarcas, nadam em ouro durante cinco anos, todo o país paga os juros e o povo fica escorchado de impostos e vexações fiscais. Passam-se os anos, o café não dá o bastante para o luxo dos **doges, dogaresas** e dogarinhas da baga rubra, e logo eles tratam de arranjar uma nova valorização.

> *Doges* são magistrados supremos das antigas repúblicas de Veneza e Gênova.
>
> *Dogaresas* são as mulheres dos doges.

A manobra da "valorização" consiste em fazer que o governo compre o café por um preço que seja vantajoso aos interessados e o retenha em depósito; mas acontece que os interessados são, em geral, governo ou parentes deles, de modo que os interessados fixam para eles mesmos o preço da venda, preço que lhes dê fartos lucros, sem se incomodar que "o café" venha a ser, se não a pobreza, ao menos, a fonte da pobreza da Bruzundanga, com os tais empréstimos para as valorizações.

Além disto, o café esgota as terras, torna-as maninhas, de modo que regiões do país, que foram opulentas pela sua cultura, em menos de meio século ficaram estéreis e sáfaras.

Sobre a cultura do café nas terras da Bruzundanga, eu podia muito dizer e podia também muito epilogar. Não me despeço do assunto totalmente; eu talvez mais tarde volte a ele. Há matéria para escrever sobre ela, muito; dá tanto assunto quanto os matadouros de Chicago.

O cultivo da cana e o fabrico de aguardente e açúcar são matérias de que me abstenho de tratar. Abstenho-me porque lá diz o ditado que, com teu amo, não jogues as peras. *Le sage...*

A riqueza mais engraçada da Bruzundanga é a borracha. De fato, a árvore da borracha é nativa e abundante no país. Ela cresce em terras que, se não são alagadiças, são doentias e infestadas de febres e outras **endemias**. A extração do látex é uma verdadeira batalha em que são ceifadas inúmeras

> *Endemias* são doenças que existem constantemente em determinado lugar e atacam grande número de indivíduos.

vidas. É cara, portanto. Os ingleses levaram sementes e plantaram a árvore da borracha nas suas colônias, em melhores condições que as espontâneas da Bruzundanga. Pacientemente, esperaram que as árvores crescessem; enquanto isto, os estadistas da Bruzundanga taxavam a mais não poder o produto.

Durante anos, essa taxa fez a delícia da província dos Rios. Palácios foram construídos, teatros, hipódromos, etc.

Das margens do seu rio principal surgiram cidades maravilhosas e os seus magnatas faziam viagens à Europa em iates ricos. As **cocottes** caras infestavam as ruas da cidade. O Eldorado...

> *Cocottes* são, em francês, mulheres elegantes e de vida fácil, meretrizes.

Veio, porém, a borracha dos ingleses e tudo foi por água abaixo, porque o preço de venda da Bruzundanga mal dava para pagar os impostos. A riqueza fez-se pobreza...

A província deixou de pagar as dívidas e houve desembargadores dela a mendigar pelas ruas, por não receberem os vencimentos desde mais de dois anos.

Eis como são as riquezas do país da Bruzundanga.

. . . .

Em "O ensino na Bruzundanga", podemos nos divertir com a ironia do escritor ao tratar do ensino e, principalmente, dos privilégios obtidos graças a um título de doutor.

. . . .

VI

O ensino na Bruzundanga

Já vos falei na nobreza doutoral desse país; é lógico, portanto, que vos fale do ensino que é ministrado nas suas escolas, donde se origina essa nobreza. Há diversas espécies de escolas mantidas pelo governo geral, pelos governos provinciais e por particulares.

Estas últimas são chamadas livres e as outras oficiais, mas todas elas são equiparadas entre si e os seus diplomas se equivalem. Os meninos ou rapazes, que se destinam a elas, não têm medo absolutamente das dificuldades que o curso de qualquer delas possa apresentar. Do que eles têm medo, é dos exames preliminares. De forma que os filhos dos poderosos fazem os pais desdobrar bancas de exames, pôr em certas mesas pessoas suas, conseguindo aprovar os pequenos em aritmética sem que ao menos saibam somar frações, outros em francês sem que possam traduzir o mais fácil autor. Com tais manobras, conseguem sair da **alhada** e lá vão, cinco ou seis anos depois, ocupar gordas **sinecuras** com a sua importância de "doutor".

Alhada ou embrulhada, trapalhada.

Sinecuras são empregos que quase não obrigam a trabalhar.

Há casos tão escandalosos que, só em contá-los, metem dó.

Passando assim pelo que nós chamamos preparatórios, os futuros diretores da República dos Estados Unidos da Bruzundanga acabam os cursos mais ignorantes e presunçosos do que quando para lá entraram. São esses tais que berram "Sou formado! Está falando com um homem formado!"

Ou senão quando alguém lhes diz "Fulano é inteligente, ilustrado...", acode o homenzinho logo:

— É formado?

— Não.

— Ahn!

Raciocina ele muito bem. Em tal terra, quem não arranja um título como ele obteve o seu, deve ser muito burro, naturalmente.

Há outros, espertos e menos poderosos, que empregam o seguinte *truc*. Sabem, por exemplo, que na província da Jazidas, os exames de matemática elementar são mais fáceis. Que fazem eles — inscrevem-se nos exames de lá, partem e voltam com certidões de aprovação.

Continuam eles nessas manobras durante o curso superior. Em tal Escola são mais fáceis os exames de tais matérias. Lá vão eles para a tal Escola, freqüentam o ano, decoram os pontos, prestam ato e, logo aprovados, voltam correndo para a escola ou faculdade mais famosa, a fim de receberem o grau. O ensino superior fascina todos na Bruzundanga. Os seus títulos, como sabeis, dão tantos privilégios, tantas regalias, que pobres e ricos correm para ele. Mas só são três espécies que suscitam esse entusiasmo: o do médico, o de advogado e o de engenheiro.

> No trecho "*Continuam eles nessas manobras (...) engenheiro.*", Lima Barreto mostra como é capaz de, com humor, descrever o ensino em Bruzundanga fazendo com que o leitor reflita se está mesmo falando de um reino tão distante...

Houve quem pensasse em torná-los mais caros, a fim de evitar a pletora de doutores. Seria um erro, pois daria o monopólio aos ricos e afastaria as verdadeiras vocações. De resto, é sabido que os **lentes** das escolas daquele país são todos relacionados, têm negócios com os potentados financeiros e industriais do país e quase nunca lhes reprovam os filhos.

> **Lentes** eram os professores de escola superior ou secundária.

Extinguir-se as escolas seria um absurdo, pois seria entregar esse ensino a seitas religiosas, que tomariam conta dele, mantendo-lhe o prestígio na opinião e na sociedade.

Apesar de não ser da Bruzundanga, eu me interesso muito por ela, pois lá passei uma grande parte da minha meninice e mocidade.

Meditei muito sobre os seus problemas e creio que achei o remédio para esse mal que é o ensino. Vou explicar-me sucintamente.

O Estado da Bruzundanga, de acordo com a sua carta constitucional, declararia livre o exercício de qualquer profissão, extinguindo todo e qualquer privilégio de diploma.

Feito isso, declararia também extintas as atuais faculdades e escolas que ele mantém.

Substituiria o atual ensino seriado, reminiscência da Idade Média, onde, no *trivium*, se misturava a gramática com a dialética e, no *quadrivium*, a astronomia e a geometria com a música, pelo ensino isolado de matérias, professadas pelos atuais lentes, com seus preparadores e laboratórios.

> *Trivium e Quadrivium* eram conjuntos de disciplinas ministradas em escolas medievais.

Quem quisesse estudar medicina, freqüentaria as cadeiras necessárias à especialidade a que se destinasse, evitando as disciplinas que julgasse inúteis.

Aquele que tivesse vocação para engenheiro de estrada de ferro, não precisava estar perdendo tempo estudando hidráulica. Freqüentaria tão-somente as cadeiras de que precisasse, tanto mais que há engenheiros que precisam saber disciplinas que até bem pouco só se exigiam dos médicos, tais como os sanitários; médicos — os higienistas — que têm de atender a dados de construção, etc.; e advogados a estudos de medicina legal.

Cada qual organizaria o programa do seu curso, de acordo com a especialidade da profissão liberal que quisesse exercer, com toda a honestidade e sem as escoras de privilégio ou diploma todo-poderoso.

Semelhante forma de ensino, evitando o diploma e os seus privilégios, extinguiria a nobreza doutoral; e daria aos jovens da Bruzundanga mais honestidade no estudo, mais segurança nas profissões que fossem exercer, com a forma que vem da concorrência entre homens de valor e inteligência nas carreiras que seguem.

Eu não suponho, não tenho a ilusão que alguém tome a sério semelhante idéia.

Mas desejava bem que os da Bruzundanga a tomassem, para que mais tarde não tenham que se arrepender.

A nobreza doutoral lá está se fazendo aos poucos irritante, e até sendo hereditária. Querem ver? Quando por lá andei, ouvi entre rapazes este curto diálogo:

— Mas T. foi reprovado?

— Foi.

— Como? Pois se é filho do doutor F.?

Os pais mesmo têm essa idéia; as mães também; as irmãs da mesma forma, de modo a só desejarem casar-se com os doutores. Estes vão ocupar os melhores lugares, as gordas sinecuras, pois o povo admite isto e o tem achado justo até agora. Há algumas famílias que são de verdadeiros Polignacs doutorais. Ao lado, porém, delas vai se formando outra corrente, mais ativa, mais consciente da injustiça que sofre, mais inteligente, que, pouco a pouco, há de tirar do povo a ilusão doutoral.

É bom não termos que ver, na minha querida Bruzundanga, aquela cena que a nobreza de sangue provocou, e Taine, no começo da sua grande obra Origens da França Contemporânea, descreve em poucas e eloqüentes palavras. Eu as traduzo:

> *Duque de Larochefoucauld-Liancourt* (1747-1827): político, escritor e filantropo francês.

"Na noite de 14 para 15 de julho de 1789, o **duque de Larochefoucauld-Liancourt** fez despertar Luís XVI para anunciar a tomada da Bastilha.

— É uma revolta? — diz o rei.

— *Sire* — respondeu o duque —, é uma revolução."

Conto

O homem que sabia javanês

· · · · · · · · · · · · · · · · · · · ·

Este conto cômico, publicado na *Gazeta da Tarde* em 20 de abril de 1911 e escrito em ritmo coloquial, mostra o caráter do brasileiro que, com seu "jeitinho" oportunista baseado no improviso, tenta levar vantagem nas situações as mais diversas. Assim Lima Barreto descreve as artimanhas de Castelo para se transformar em um professor de javanês. De forma caricatural, o escritor relata um acontecimento fictício e muito divertido.

· · · · · · · · · · · · · · · · · · · ·

Em uma confeitaria, certa vez, ao meu amigo Castro, contava eu as partidas que havia pregado às convicções e às respeitabilidades, para poder viver.

Houve mesmo, uma das ocasiões, quando estive em Manaus, em que fui obrigado a esconder a minha qualidade de bacharel, para mais confiança obter dos clientes, que afluíam ao meu escritório de feiticeiro e adivinho. Contava eu isso.

O meu amigo ouvia-me calado, embevecido, gostando daquele meu *Gil Blas* vivido, até que, em uma pausa da conversa, ao esgotarmos os copos, observou a esmo:

> *Gil Blas* é um romance do escritor francês Lesage (1688-1747) cujo personagem principal é o típico aventureiro com talento para intrigas.

— Tens levado uma vida bem engraçada, Castelo!

— Só assim se pode viver... Isto de uma ocupação única: sair de casa a certas horas, voltar a outras, aborrece, não achas? Não sei como me tenho agüentado lá, no consulado!

— Cansa-se; mas não é disso que me admiro. O que me admira é que tenhas corrido, é que tenhas corrido tantas aventuras aqui, neste Brasil imbecil e burocrático.

— Qual! Aqui mesmo, meu caro Castro, se podem arranjar belas páginas de vida. Imagina tu que eu já fui professor de javanês!

— Quando? Aqui, depois que voltaste do consulado?

— Não; antes. E, por sinal, fui nomeado cônsul por isso.

— Conta lá como foi. Bebes mais cerveja?

— Bebo.

Mandamos buscar mais outra garrafa, enchemos os copos, e continuei:

— Eu tinha chegado havia pouco ao Rio e estava literalmente na miséria. Vivia fugido de casa de pensão em casa de pensão, sem saber onde e como ganhar dinheiro, quando li no *Jornal do Commercio* o anúncio seguinte:

"Precisa-se de um professor de língua javanesa. Cartas, etc."

Ora, disse cá comigo, está ali uma colocação que não terá muitos concorrentes; se eu **capiscasse** quatro palavras, ia apresentar-me. Saí do café e andei pelas ruas, sempre a imaginar-me professor de javanês, ganhando dinheiro, andando de bonde e sem encontros desagradáveis com os "cadáveres". Insensivelmente dirigi-me à Biblioteca Nacional. Não sabia bem que livro iria pedir; mas, entrei, entreguei o chapéu ao porteiro, recebi a senha e subi. Na escada, acudiu-me pedir a **Grande Encyclopédie**, letra J, a fim de consultar o artigo relativo a Java e à língua javanesa. Dito e feito. Fiquei sabendo, ao fim de alguns minutos, que Java era uma grande ilha do arquipélago de Sonda, colônia ho-

Capiscasse: entendesse um pouco da língua. Capiscar vem do italiano *capisco*.

Grande Encyclopédie: obra organizada em 1775 por Diderot e D'Alambert na França durante o iluminismo.

landesa, e o javanês, língua aglutinante do grupo maleopolinésico, possuía uma literatura digna de nota e escrita em caracteres derivados do velho alfabeto hindu.

A *Encyclopédie* dava-me indicação de trabalhos sobre a tal língua malaia e não tive dúvidas em consultar um deles. Copiei o alfabeto, a sua pronunciação figurada e saí. Andei pelas ruas, perambulando e mastigando letras.

Na minha cabeça dançavam hieróglifos; de quando em quando consultava as minhas notas; entrava nos jardins e escrevia estes calungas na areia para guardá-los bem na memória e habilitar a mão a escrevê-los.

À noite, quando pude entrar em casa sem ser visto, para evitar indiscretas perguntas do encarregado, ainda continuei no quarto a engolir o meu "a-b-c" malaio, e, com tanto afinco levei o propósito que, de manhã, o sabia perfeitamente.

Convenci-me que aquela era a língua mais fácil do mundo e saí; mas não tão cedo que não me encontrasse com o encarregado dos aluguéis dos cômodos:

— Senhor Castelo, quando salda a sua conta?

Respondi-lhe então eu, com a mais encantadora esperança:

— Breve... Espere um pouco... Tenha paciência... Vou ser nomeado professor de javanês, e...

Por aí o homem interrompeu-me:

— Que diabo vem a ser isso, senhor Castelo?

Gostei da diversão e ataquei o patriotismo do homem:

— É uma língua que se fala lá pelas bandas do Timor. Sabe onde é?

Oh! alma ingênua! O homem esqueceu-se da minha dívida e disse-me com aquele forte dos portugueses:

— Eu cá por mim, não sei bem; mas ouvi dizer que são umas terras que temos lá para os lados de Macau. E o senhor sabe isso, senhor Castelo?

Animado com esta saída feliz que me deu o javanês, voltei a procurar o anúncio. Lá estava ele. Resolvi animosamente propôr-me ao professorado do idioma oceânico. Redigi a resposta, passei pelo *Jornal* e lá deixei a carta. Em seguida, voltei à biblioteca e continuei os meus estudos de javanês. Não fiz grandes progressos nesse dia, não sei se por julgar o alfabeto javanês o único saber necessário a um professor de língua malaia ou se por ter me empenhado mais na bibliografia e história literária do idioma que ia ensinar.

Ao cabo de dois dias, recebia eu uma carta para ir falar ao doutor Manuel Feliciano Soares Albernaz, barão de Jacuecanga, à rua Conde de Bonfim, não me recordo bem que número. É preciso não te esqueceres que entrementes continuei estudando o meu malaio, isto é, o tal javanês. Além do alfabeto, fiquei sabendo o nome de alguns autores, também perguntar e responder — "como está o senhor?" — e duas ou três regras de gramática, **lastrado** todo esse saber com vinte palavras do léxico.

> *Lastrado*, isto é, espalhado, alastrado.

Não imaginas as grandes dificuldades com que lutei, para arranjar os quatrocentos réis da viagem! É mais fácil — podes ficar certo — aprender o javanês... Fui a pé. Cheguei suadíssimo; e, com maternal carinho, as **anosas** mangueiras, que se perfilavam em alameda diante da casa do titular, me receberam, me acolheram e me reconfortaram. Em toda a minha vida, foi o único momento em que cheguei a sentir a simpatia da natureza...

> *Anosas*: que têm muitos anos.

Era uma casa enorme que parecia estar deserta; estava mal tratada, mas não sei porque me veio pensar que nesse mau tratamento havia mais desleixo e cansaço de viver que mesmo pobreza. Devia haver anos que não era pintada. As paredes descascavam e os beirais do telhado, daquelas telhas vidradas de outros tempos, estavam desguarnecidos aqui e ali, como dentaduras decadentes ou mal cuidadas.

Olhei um pouco o jardim e vi a pujança vingativa com que a tiririca e o carrapicho tinham expulsado os tinhorões e as begônias. Os crótons continuavam, porém, a viver com a sua folhagem de cores mortiças. Bati. Custaram-me a abrir. Veio, por fim, um antigo preto africano, cujas barbas e cabelo de algodão davam à sua fisionomia uma aguda impressão de velhice, doçura e sofrimento.

Na sala, havia uma galeria de retratos: arrogantes senhores de barba em colar se perfilavam enquadrados em imensas molduras douradas, e doces perfis de senhoras, em bandos, com grandes leques, pareciam querer subir aos ares, enfunadas pelos redondos vestidos à balão; mas, daquelas velhas coisas, sobre as quais a poeira punha mais antigüidade e respeito, a que gostei mais de ver foi um belo jarrão de porcelana da China, a sua fragilidade, a ingenuidade do desenho e aquele seu fosco brilho de luar, diziam-me a mim que aquele objeto tinha sido feito por mãos de criança, a sonhar, para encanto dos olhos fatigados dos velhos desiludidos...

Esperei um instante o dono da casa. Tardou um pouco. Um tanto trôpego, com o lenço de **alcobaça** na mão, tomando veneravelmente o **simonte de antanho**, foi cheio de respeito que o vi chegar. Tive vontade de ir-me embora. Mesmo se não fosse ele o discípulo, era sempre um crime mistificar aquele ancião, cuja velhice trazia à tona do meu pensamento alguma coisa de augusto, de sagrado. Hesitei, mas fiquei.

> *Alcobaça* é um lenço de algodão, em geral vermelho.
>
> *Simonte de antanho* é o mesmo que fumo do passado, de antigamente.

— Eu sou — avancei — o professor de javanês, que o senhor disse precisar.

— Sente-se — respondeu-me o velho. — O senhor é daqui, do Rio?

— Não, sou de Canavieiras.

— Como? — fez ele. — Fale um pouco alto, que sou surdo.

— Sou de Canavieiras, na Bahia — insisti eu.
— Onde fez seus estudos?
— Em Salvador.
— E onde aprendeu o javanês? — indagou ele, com aquela teimosia peculiar aos velhos.

Não contava com essa pergunta, mas imediatamente arquitetei uma mentira. Contei-lhe que meu pai era javanês. Tripulante de um navio mercante, viera ter a Bahia, estabelecera-se nas proximidades de Canavieiras como pescador, casara, prosperara e fora com ele que aprendi javanês.

— E ele acreditou? E o físico? — perguntou meu amigo, que até então me ouvira calado.

— Não sou — objetei — lá muito diferente de um javanês. Estes meus cabelos corridos, duros e grossos e a minha pele **basané** podem dar-me muito bem o aspecto de um mestiço de malaio... Tu sabes bem que, entre nós, há de tudo: índios, malaios, taitianos, malgaches, guanches, até godos. É uma comparsaria de raças e tipos de fazer inveja ao mundo inteiro.

> Basané vem do francês e significa curtida.

— Bem — fez o meu amigo —, continua.
— O velho — emendei eu — ouviu-me atentamente, considerou demoradamente o meu físico, pareceu que me julgava de fato filho de malaio e perguntou-me com doçura:
— Então está disposto a ensinar-me javanês?

A resposta saiu-me sem querer:
— Pois não.
— O senhor há de ficar admirado — aduziu o barão de Jacuecanga — que eu, nesta idade, ainda queira aprender qualquer coisa, mas...
— Não tenho que admirar. Têm-se visto exemplos e exemplos muito fecundos...
— O que eu quero, meu caro senhor...?
— Castelo — adiantei eu.

— O que eu quero, meu caro senhor Castelo, é cumprir um juramento de família. Não sei se o senhor sabe que eu sou neto do conselheiro Albernaz, aquele que acompanhou Pedro I, quando abdicou. Voltando de Londres, trouxe para aqui um livro em língua esquisita, a que tinha grande estimação. Fora um hindu ou siamês que lho dera, em Londres, em agradecimento a não sei que serviço prestado por meu avô. Ao morrer meu avô, chamou meu pai e lhe disse: "Filho, tenho este livro aqui, escrito em javanês. Disse-me quem mo deu que ele evita desgraças e traz felicidades para quem o tem. Eu não sei nada ao certo. Em todo o caso, guarda-o; mas, se queres que o fado que me deitou o sábio oriental se cumpra, faze com que teu filho o entenda, para que sempre a nossa raça seja feliz." Meu pai — continuou o velho barão — não acreditou muito na história; contudo, guardou o livro. Às portas da morte, ele mo deu e disse-me o que prometera ao pai. Em começo, pouco caso fiz da história do livro. Deitei-o a um canto e fabriquei minha vida. Cheguei até a esquecer-me dele; mas, de uns tempos a esta parte, tenho passado por tanto desgosto, tantas desgraças têm caído sobre a minha velhice que me lembrei do talismã da família. Tenho que o ler, que o compreender, se não quero que os meus últimos dias anunciem o desastre da minha posteridade; e, para entendê-lo, é claro, que preciso entender o javanês. Eis aí.

Calou-se e notei que os olhos do velho se tinham orvalhado. Enxugou discretamente os olhos e perguntou-me se queria ver o tal livro. Respondi-lhe que sim. Chamou o criado, deu-lhe as instruções e explicou-me que perdera todos os filhos, sobrinhos, só lhe restando uma filha casada, cuja prole, porém, estava reduzida a um filho, débil de corpo e de saúde frágil e oscilante.

Veio o livro. Era um velho calhamaço, um *in-quarto* antigo, encadernado em couro, impresso em grandes letras, em um papel amarelado e grosso. Faltava a folha do rosto e por isso não se podia ler a data da impressão. Tinha ainda umas páginas de prefácio, escritas em inglês, onde li que se tratava das histórias de príncipe Kulanga, escritor javanês de muito mérito.

Logo informei disso o velho barão que, não percebendo que eu tinha chegado aí pelo inglês, ficou tendo em alta consideração o meu saber malaio. Estive ainda folheando o **cartapácio**, **à laia** de quem sabe magistralmente aquela espécie de **vasconço**, até que afinal contratamos as condições de preço e de hora, comprometendo-me a fazer com que ele lesse o tal **alfarrábio** antes de um ano.

> *Cartapácio* e *alfarrábio* são livros grandes e antigos.
>
> *À laia* ou à moda de, à maneira de.
>
> *Vasconço*: linguagem ininteligível, que não faz sentido.

Dentro em pouco, dava a minha primeira lição, mas o velho não foi tão diligente quanto eu. Não conseguia aprender a distinguir e a escrever nem sequer quatro letras. Enfim, com metade do alfabeto levamos um mês e o senhor barão de Jacuecanga não ficou lá muito senhor da matéria: aprendia e desaprendia.

A filha e o genro (penso que até aí nada sabiam da história do livro) vieram a ter notícias do estudo do velho; não se incomodaram. Acharam graça e julgaram a coisa boa para distraí-lo.

Mas com o que tu vais ficar assombrado, meu caro Castro, é com a admiração que o genro ficou tendo pelo professor de javanês. Que coisa única! Ele não se cansava de repetir: "É um assombro! Tão moço! Se eu soubesse isso, ah! onde estava!"

O marido de dona Maria da Glória (assim se chamava a filha do barão), era desembargador, homem relacionado e poderoso; mas não **se pejava** em mostrar diante de todo o mundo a sua admi-

> *Pejava-se*: envergonhava-se.

ração pelo meu javanês. Por outro lado, o barão estava contentíssimo. Ao fim de dois meses, desistira da aprendizagem e pedira-me que lhe traduzisse, um dia sim outro não, um trecho do livro encantado. Bastava entendê-lo, disse-me ele; nada se opunha que outrem o traduzisse e ele ouvisse. Assim evitava a fadiga do estudo e cumpria o encargo.

Sabes bem que até hoje nada sei de javanês, mas compus umas histórias bem **tolas** e impingi-as ao velhote como sendo do crônicon. Como ele ouvia aquelas bobagens!...

Tolas ou ininteligíveis, obscuras.

Ficava extático, como se estivesse a ouvir palavras de um anjo. E eu crescia aos seus olhos!

Fez-me morar em sua casa, enchia-me de presentes, aumentava-me o ordenado. Passava, enfim, uma vida regalada.

Contribuiu muito para isso o fato de vir ele a receber uma herança de um seu parente esquecido que vivia em Portugal. O bom velho atribuiu a coisa ao meu javanês; e eu estive quase a crê-lo também.

Fui perdendo os remorsos; mas, em todo o caso, sempre tive medo que me aparecesse pela frente alguém que soubesse o tal patuá malaio. E esse meu temor foi grande, quando o doce barão me mandou com uma carta ao visconde de Caruru, para que me fizesse entrar na diplomacia. Fiz-lhe todas as objeções: a minha fealdade, a falta de elegância, o meu aspecto **tagalo**. "Qual!" retrucava ele. "Vá, menino; você sabe javanês!" Fui. Mandou-me o visconde para a Secretaria dos Estrangeiros com diversas recomendações. Foi um sucesso.

Tagalo, ou seja, filipino.

O diretor chamou os chefes de seção: "Vejam só, um homem que sabe javanês — que portento!"

Os chefes de seção cevaram-me aos oficiais e amanuenses e houve um deles que me olhou mais com ódio do que com inveja ou admiração. E todos diziam: "Então sabe javanês? É difícil? Não há quem o saiba aqui!"

O tal amanuense, que me olhou com ódio, acudiu então: "É verdade, mas eu sei **canaque**. O senhor sabe?" Disse-lhe que não e fui à presença do ministro.

A alta autoridade levantou-se, pôs as mãos às cadeiras, consertou o **pince-nez** no nariz e perguntou: "Então, sabe javanês?" Respondi-lhe que sim; e, à sua pergunta onde o tinha aprendido, contei-lhe a história do tal pai javanês. "Bem, disse-me o ministro, o senhor não deve ir para a diplomacia; o seu físico não se presta... O bom seria um consulado na Ásia ou Oceania. Por ora, não há vaga, mas vou fazer uma reforma e o senhor entrará. De hoje em diante, porém, fica adido ao meu ministério e quero que, para o ano, parta para **Bâle**, onde vai representar o Brasil no Congresso de Lingüística. Estude, leia o **Hovelacque**, o **Max Muller**, e outros!"

Imagina tu que eu até aí nada sabia de javanês, mas estava empregado e iria representar o Brasil em um congresso de sábios.

O velho barão veio a morrer, passou o livro ao genro para que o fizesse chegar ao neto, quando tivesse a idade conveniente e fez-me uma deixa no testamento.

Pus-me com afã no estudo das línguas maleo-polinésicas; mas não havia meio!

Bem jantado, bem vestido, bem dormido, não tinha energia necessária para fazer entrar na cachola aquelas coisas esquisitas. Comprei livros, assinei revistas: *Revue Anthropologique et*

> *Canaque* é a língua de tribo indígena canadense.
>
> *Pince-nez* é pincenê, em francês, um óculos sem haste, preso no nariz por uma mola.
>
> *Bâle* é a cidade de Basiléia, na Suíça.
>
> *Alexandre Abel Hovelacque* (1843-1896): antropólogo e lingüista francês.
>
> *Friedrich Max Muller* (1823-1900): professor de línguas modernas e européias, filólogo e tradutor.

Linguistique, Proceedings of the English-Oceanic Association, Archivo Glottologico Italiano, o diabo, mas nada! E a minha fama crescia. Na rua, os informados apontavam-me, dizendo aos outros: "Lá vai o sujeito que sabe javanês." Nas livrarias, os gramáticos consultavam-me sobre a colocação dos pronomes no tal jargão das ilhas de Sonda. Recebia cartas dos eruditos do interior, os jornais citavam o meu saber e recusei aceitar uma turma de alunos sequiosos de entenderem o tal javanês. A convite da redação, escrevi, no *Jornal do Commercio*, um artigo de quatro colunas sobre a literatura javanesa antiga e moderna...

— Como, se tu nada sabias? — interrompeu-me o atento Castro.

— Muito simplesmente: primeiramente, descrevi a ilha de Java, com o auxílio de dicionários e umas poucas de geografias, e depois citei a mais não poder.

— E nunca duvidaram? — perguntou-me ainda o meu amigo.

— Nunca. Isto é, uma vez quase fico perdido. A polícia prendeu um sujeito, um marujo, um tipo bronzeado que só falava uma língua esquisita. Chamaram diversos intérpretes, ninguém o entendia. Fui também chamado, com todos os respeitos que a minha sabedoria merecia, naturalmente. Demorei-me em ir, mas fui afinal. O homem já estava solto, graças à intervenção do cônsul holandês, a quem ele se fez compreender com meia dúzia de palavras holandesas. E o tal marujo era javanês — uf!

Chegou, enfim, a época do congresso, e lá fui para a Europa. Que delícia! Assisti à inauguração e às sessões preparatórias. Inscreveram-me na seção do tupi-guarani e eu abalei para Paris. Antes, porém, fiz publicar no *Mensageiro de Bâle* o meu retrato, notas biográficas e bibliográficas. Quando voltei, o presidente pediu-me desculpas por me ter dado aquela seção; não conhecia os meus trabalhos e julgara que, por ser eu americano-brasileiro, me estava naturalmente indicada a seção do tupi-guarani. Aceitei as explicações e até hoje ainda não pude escrever as minhas obras sobre o javanês, para lhe mandar, conforme prometi.

Acabado o congresso, fiz publicar extrato do artigo do *Mensageiro de Bâle*, em Berlim, em Turim e Paris, onde os leitores de minhas obras me ofereceram um banquete, presidido pelo senador Gorot. Custou-me toda essa brincadeira, inclusive o banquete que me foi oferecido, cerca de dez mil francos, quase toda a herança de crédulo e bom barão de Jacuecanga.

Não perdi meu tempo nem meu dinheiro. Passei a ser uma glória nacional e, ao saltar no **cais Pharoux**, recebi uma ovação de todas as classes sociais e o presidente da República, dias depois, convidava-me para almoçar em sua companhia.

Dentro de seis meses fui despachado cônsul em Havana, onde estive seis anos e para onde voltarei, a fim de aperfeiçoar os meus estudos das línguas da Malaia, Melanésia e Polinésia.

— É fantástico — observou Castro, agarrando o copo de cerveja.

— Olha: se não fosse estar contente, sabes que ia ser?

— Quê?

— Bacteriologista eminente. Vamos?

— Vamos.

> *Cais Pharoux*: cais do Rio de Janeiro que começava na praça XV de Novembro e terminava no Mercado Municipal. O nome é tirado do francês Louis Pharoux (1791-1868) que ali tinha um hotel.

A nova Califórnia

Este conto de 10 de novembro de 1910, que se assemelha a uma fábula com uma mensagem ao final, trata da ambição desmedida dos homens da cidade de Tubiacanga. Lá um misterioso químico descobre uma estranha forma de fabricar ouro e este fato transformará a vida local. Lima Barreto com humor dá seu recado crítico sobre o governo, sobre o papel da ciência e dos cientistas na sociedade, assim como ridiculariza a vida dos habitantes da cidade, ressaltando suas características mais grotescas.

I

Ninguém sabia donde viera aquele homem. O agente do correio pudera apenas informar que acudia ao nome de Raimundo Flamel, pois assim era subscrita a correspondência que recebia. E era grande. Quase diariamente, o carteiro lá ia a um dos extremos da cidade, onde morava o desconhecido, **sopesando** um maço alentado de cartas vindas do mundo inteiro, grossas revistas em línguas arrevesadas, livros, pacotes...

Sopesando: carregando com a mão o peso de.

Quando Fabrício, o pedreiro, voltou de um serviço em casa do novo habitante, todos na venda perguntaram-lhe que trabalho lhe tinha sido determinado.

— Vou fazer um forno, disse o preto, na sala de jantar.

Imaginem o espanto da pequena cidade de Tubiacanga, ao saber de tão extravagante construção: um forno na sala de jantar! E, pelos dias seguintes, Fabrício pôde contar que vira balões de vidros, facas sem corte, copos como os da farmácia — um rol de coisas esquisitas a se mostrarem pelas mesas e prateleiras como utensílios de uma bateria de cozinha em que o próprio diabo cozinhasse.

O alarme se fez na vila. Para uns, os mais adiantados, era um fabricante de moeda falsa; para outros, os crentes e simples, um tipo que tinha parte com o tinhoso.

Chico da Tirana, o **carreiro**, quando passava em frente da casa do homem misterioso, ao lado do carro a chiar, e olhava a chaminé da sala de jantar a fumegar, não deixava de **persignar-se** e rezar um "credo" em voz baixa; e, não fora a intervenção do farmacêutico, o subdelegado teria ido dar um cerco a casa daquele indivíduo suspeito, que inquietava a imaginação de toda uma população.

> *Carreiro* significa cocheiro.
>
> *Persignar-se* é fazer o sinal-da-cruz.

Tomando em consideração as informações de Fabrício, o boticário Bastos concluíra que o desconhecido devia ser um sábio, um grande químico, refugiado ali para mais sossegadamente levar avante os seus trabalhos científicos.

Homem formado e respeitado na cidade, vereador, médico também, porque o doutor Jerônimo não gostava de receitar e se fizera sócio da farmácia para mais em paz viver, a opinião de Bastos levou tranqüilidade a todas as consciências e fez com que a população cercasse de uma silenciosa admiração a pessoa do grande químico, que viera habitar a cidade.

De tarde, se o viam a passear pela margem do Tubiacanga, sentando-se aqui e ali, olhando perdidamente as águas claras do riacho, cismando diante da penetrante melancolia do crepúsculo, todos se descobriam e não era raro que às "boas noites" acrescentassem "doutor". E tocava muito o coração daquela gente a profunda simpatia com que ele tratava as crianças, a maneira pela qual as contemplava, parecendo apiedar-se de que elas tivessem nascido para sofrer e morrer.

Na verdade, era de ver-se, sob a doçura suave da tarde, a bondade de Messias com que ele afagava aquelas crianças pretas, tão lisas de pele e tão tristes de modos, mergulhadas no seu cativeiro moral, e também as brancas, de pele baça, **gretada** e áspera, vivendo amparadas na necessária caquexia dos trópicos.

> *Gretada*: diz-se da pele com pequenas rachaduras.

Por vezes, vinha-lhe vontade de pensar qual a razão de ter **Bernardin de Saint-Pierre** gasto toda a sua ternura com Paulo e Virgínia e esquecer-se dos escravos que os cercavam...

> *Jacques Henri Bernardin de Saint-Pierre* (1737-1814): escritor francês, autor de obras de moral, ciência e política.

Em poucos dias a admiração pelo sábio era quase geral, e, não o era, unicamente porque havia alguém que não tinha em grande conta os méritos do novo habitante.

Capitão Pelino, mestre-escola e redator da *Gazeta de Tubiacanga*, órgão local e filiado ao partido situacionista, embirrava com o sábio. "Vocês hão de ver", dizia ele, "quem é esse tipo... Um caloteiro, um aventureiro ou talvez um ladrão fugido do Rio".

A sua opinião em nada se baseava, ou antes, baseava-se no seu oculto despeito vendo na terra um rival para a fama de sábio de que gozava. Não que Pelino fosse químico, longe disso; mas era sábio, era gramático. Ninguém escrevia em Tubiacanga que não levasse bordoada do capitão Pelino, e mesmo quando se falava em algum homem notável lá no Rio, ele não deixava de dizer: "Não há dúvida! O homem tem talento, mas escreve: 'um outro', 'de resto'..." E contraía os lábios como se tivesse engolido alguma coisa amarga.

Toda a vila de Tubiacanga acostumou-se a respeitar o solene Pelino, que corrigia e emendava as maiores glórias nacionais. Um sábio...

> *Francisco Sotero dos Reis* (1800-1871): escritor brasileiro, jornalista historiador da literatura.

Ao entardecer, depois de ler um pouco o **Sotero**, o **Cândido de Figueiredo**

> *Cândido de Figueiredo* (1846-1925): escritor e filólogo português.

Lima Barreto ⌘ 73

> Antonio de Castro Lopes: político brasileiro. Foi ministro das finanças durante o reinado de d. Pedro II.

ou o **Castro Lopes** e de ter passado mais uma vez a tintura nos cabelos, o velho mestre-escola saía vagarosamente de casa, muito abotoado no seu paletó de brim mineiro, e encaminhava-se para a botica do Bastos a dar dois dedos de prosa. Conversar é um modo de dizer, porque era Pelino avaro de palavras, limitando-se tão-somente a ouvir. Quando, porém, dos lábios de alguém escapava a menor incorreção de linguagem, intervinha e emendava. "Eu asseguro, dizia o agente do Correio, que..." Por aí, o mestre-escola intervinha com mansuetude evangélica: "Não diga 'asseguro' senhor Bernardes; em português é 'garanto'."

E a conversa continuava depois da emenda, para ser de novo interrompida por uma outra. Por essas e outras, houve muitos palestradores que se afastaram, mas Pelino, indiferente, seguro dos seus deveres, continuava o seu apostolado de **vernaculismo**. A chegada do sábio veio distraí-lo um pouco da sua missão. Todo o seu esforço voltava-se agora para combater aquele rival, que surgia tão inopinadamente.

> Vernaculismo é o culto de linguagem vernácula, pura, correta.

Foram vãs as suas palavras e a sua eloqüência: não só Raimundo Flamel pagava em dia as suas contas, como era generoso — pai da pobreza — e o farmacêutico vira numa revista de específicos seu nome citado como químico de valor.

. . . .

II

Havia já anos que o químico vivia em Tubiacanga, quando, uma bela manhã, Bastos o viu entrar pela botica adentro. O prazer do farmacêutico foi imenso. O sábio não se dignara até aí visitar fosse que fosse, e, certo dia, quando o sacristão

Orestes ousou penetrar em sua casa, pedindo-lhe uma esmola para a futura festa de Nossa Senhora da Conceição, foi com visível enfado que ele o recebeu e atendeu.

Vendo-o, Bastos saiu de detrás do balcão, correu a recebê-lo com a mais perfeita demonstração de quem sabia com quem tratava e foi quase em uma exclamação que disse:

— Doutor, seja bem-vindo.

O sábio pareceu não se surpreender nem com a demonstração de respeito do farmacêutico, nem com o tratamento universitário. Docemente olhou um instante a armação cheia de medicamentos e respondeu:

— Desejava falar-lhe em particular, senhor Bastos.

O espanto do farmacêutico foi grande. Em que poderia ele ser útil a homem, cujo nome corria mundo e de quem os jornais falavam com tão **acendrado** respeito. Seria dinheiro? Talvez... Um atraso no pagamento das rendas, quem sabe? E foi conduzindo o químico para o interior da casa, sob o olhar espantado do aprendiz, que, por um momento, deixou a "mão" descansar no gral, onde **macerava uma tisana** qualquer.

> *Acendrado* ou apurado, purificado.
>
> *Macerava uma tisana*: esmagava erva para um chá.

Por fim, achou aos fundos, bem no fundo, o quartinho que lhe servia para exames médicos mais detidos ou para as pequenas operações, porque Bastos também operava. Sentaram-se e Flamel não tardou a expor:

— Como o senhor deve saber, dedico-me à química, tenho mesmo um nome respeitado no mundo sábio...

— Sei perfeitamente, doutor, mesmo tenho disso informado, aqui, aos meus amigos.

— Obrigado. Pois bem: fiz uma grande descoberta, extraordinária...

Envergonhado com o seu entusiasmo, o sábio fez uma pausa e depois continuou:

— Uma descoberta... Mas não me convém, por ora, comunicar ao mundo sábio, compreende?
— Perfeitamente.
— Por isso precisava de três pessoas conceituadas que fossem testemunhas de uma experiência dela e me dessem um atestado em forma, para resguardar a prioridade de minha invenção... O senhor sabe: há acontecimentos imprevistos e...
— Certamente. Não há dúvida!
— Imagine o senhor que se trata de fazer ouro...
— Como? O quê? — fez Bastos arregalando os olhos.
— Sim! Ouro! — disse com firmeza Flamel.
— Como?
— O senhor saberá, disse o químico secamente. A questão do momento são as pessoas que devem assistir à experiência, não acha?
— Com certeza, é preciso que os seus direitos fiquem resguardados, porquanto...
— Uma delas, interrompeu o sábio, é o senhor; as outras duas o senhor Bastos fará o favor de indicar-me.
O boticário esteve um instante a pensar, passando em revista os seus conhecimentos e, ao fim de uns três minutos, perguntou:
— O coronel Bentes lhe serve? Conhece?
— Não. O senhor sabe que não me dou com ninguém aqui.
— Posso garantir-lhe que é homem sério, rico e muito discreto.
— É religioso? Faço-lhe esta pergunta — acrescentou Flamel logo —, porque temos que lidar com ossos de defunto e só estes servem...
— Qual! É quase ateu...
— Bem! aceito. E o outro?
Bastos voltou a pensar e dessa vez demorou-se um pouco mais consultando a sua memória... Por fim falou:

— Será o tenente Carvalhais, o coletor, conhece?
— Como já lhe disse...
— É verdade. É homem de confiança, sério, mas...
— Que é que tem?
— É maçom.
— Melhor.
— E quando é?
— Domingo. Domingo, os três irão lá em casa assistir à experiência e espero que não me recusarão as suas firmas para autenticar a minha descoberta.
— Está tratado.

Domingo, conforme prometeram, as três pessoas respeitáveis de Tubiacanga foram à casa de Flamel, e, dias depois, misteriosamente, ele desapareceria sem deixar vestígio ou explicação para o seu desaparecimento.

. . . .

III

Tubiacanga era uma pequena cidade de três ou quatro mil habitantes, muito pacífica, em cuja estação, de onde em onde, os expressos davam a honra de parar. Há cinco anos não se registrava nela um furto ou roubo. As portas e janelas só eram usadas... porque o Rio as usava.

O último crime notado em seu pobre cadastro fora um assassinato por ocasião das eleições municipais; mas, atendendo que o assassino era do partido do governo, e a vítima da oposição, o acontecimento em nada alterou os hábitos da cidade, continuando ela a exportar o seu café e a mirar as suas casas baixas e acanhadas nas escassas águas do pequeno rio que a batizara.

Mas, qual não foi a surpresa dos seus habitantes quando se veio a verificar nela um dos mais repugnantes crimes de que se têm memória! Não se tratava de um esquartejamento ou parricídio; não era o assassinato de uma família inteira ou um assalto à coletoria; era coisa pior, sacrílega aos olhos de todas as religiões e consciências: violavam-se as sepulturas do "Sossego", do seu cemitério, do seu campo-santo.

Em começo, o coveiro julgou que fossem cães, mas, revistando bem o muro, não encontrou senão pequenos buracos. Fechou-os; foi inútil. No dia seguinte, um jazigo perpétuo arrombado e os ossos saqueados; no outro, um carneiro e uma sepultura rasa. Era gente ou demônio. O coveiro não quis mais continuar as pesquisas por sua conta, foi ao subdelegado e a notícia espalhou-se pela cidade.

A indignação na cidade tomou todas as feições e todas as vontades. A religião da morte precede todas e certamente será a última a morrer nas consciências. Contra a profanação, clamaram os seus presbiterianos do lugar — os bíblias, como lhes chama o povo; clamava Agrimensor Nicolau, antigo cadete e positivista do rito Teixeira Mendes; clamava o major Camalho, presidente da Loja Nova Esperança; clamavam o turco Miguel Abudala, negociante de armarinho, e o cético Belmiro, antigo estudante, que vivia ao deus-dará, bebericando parati nas tavernas. A própria filha do engenheiro residente da estrada de ferro, que vivia desdenhando aquele lugarejo, sem notar sequer os suspiros dos apaixonados locais, sempre esperando que o expresso trouxesse um príncipe a desposá-la —, a linda e desdenhosa Cora não pôde deixar de compartilhar da indignação e do horror que tal ato provocara em todos do lugarejo. Que tinha ela com o túmulo dos antigos escravos e humildes roceiros? Em que podia interessar aos seus lindos olhos pardos o destino de tão humildes ossos? Porventura o furto deles perturbaria o seu sonho de fazer radiar a beleza de sua boca, dos seus olhos e do seu busto nas calçadas do Rio?

Decerto, não; mas era a Morte, a Morte implacável e onipotente, de quem ela também se sentia escrava, e que não deixaria um dia de levar a sua linda caveirinha para a paz eterna do cemitério. Aí Cora queria os seus ossos sossegados, quietos e comodamente descansando num caixão bem-feito e num túmulo seguro, depois de ter sido a sua carne encanto e prazer dos vermes...

O mais indignado, porém, era Pelino. O professor deitara artigo de fundo, imprecando, bramindo, gritando: "Na história do crime", dizia ele, "já bastante rica de fatos repugnantes, como sejam: o esquartejamento de Maria de Macedo, o estrangulamento dos irmãos Fuoco, não se registra um que o seja tanto como o saque às sepulturas do 'Sossego'".

E a vila vivia em sobressalto. Nas faces não se lia mais paz; os negócios estavam paralisados; os namoros suspensos. Dias e dias por sobre as casas pairavam nuvens negras e, à noite, todos ouviam ruídos, gemidos, barulhos sobrenaturais... Parecia que os mortos pediam vingança...

O saque, porém, continuava. Toda noite eram duas, três sepulturas abertas e esvaziadas de seu fúnebre conteúdo. Toda população resolveu ir em massa guardar os ossos dos seus maiores. Foram cedo, mas, em breve, cedendo à fadiga e ao sono, retirou-se um, depois outro e, pela madrugada, já não havia nenhum vigilante. Ainda nesse dia, o coveiro verificou que duas sepulturas tinham sido abertas e os ossos levados para destino misterioso.

Organizaram então uma guarda. Dez homens decididos juraram perante o subdelegado vigiar durante a noite a mansão dos mortos.

Nada houve de anormal na primeira noite, na segunda e na terceira; mas, na quarta, quando os vigias já se dispunham a cochilar, um deles julgou lobrigar um vulto esgueirando-se por entre a quadra dos carneiros. Correram e conseguiram apanhar dois dos vampiros. A raiva e a indignação até aí

> *Sopitadas* ou adormecidas, abrandadas.

sopitadas no ânimo deles, não se contiveram mais e deram tanta bordoada nos macabros ladrões, que os deixaram estendidos como mortos.

A notícia correu logo de casa em casa e, quando, de manhã se tratou de estabelecer a identidade dos dois malfeitores, foi diante da população inteira que foram neles reconhecidos o coletor Carvalhais e o coronel Bentes, rico fazendeiro e presidente da Câmara. Este último ainda vivia e, a perguntas repetidas que lhe fizeram, pôde dizer que juntavam ossos para fazer ouro e o companheiro que fugira era o farmacêutico.

Houve espanto e houve esperanças. Como fazer ouro com ossos? Seria possível? Mas aquele rico, respeitado, como desceria ao papel de ladrão de mortos se a coisa não fosse verdade!

Se fosse possível fazer, se daqueles míseros despojos fúnebres se pudesse fazer alguns contos de réis, como não seria bom para todos eles!

O carteiro, cujo velho sonho era a formatura do filho, viu logo ali meios de consegui-la. Castrioto, o escrivão do juiz de paz, que o ano passado conseguiu comprar uma casa, mas ainda não a pudera cercar, pensou no muro, que lhe devia proteger a horta e a criação. Pelos olhos do sitiante Marques, que andava desde anos atrapalhado para arranjar um pasto, passou logo o prado verde do Costa, onde os seus bois engordariam e ganhariam forças...

As necessidades de cada um, aqueles ossos que eram ouro, viriam atender, satisfazer e felicitá-los; e aqueles dois ou três milhares de pessoas, homens, crianças, mulheres, moços e velhos, como se fossem uma só pessoa, correram à casa do farmacêutico.

A custo, o subdelegado pôde impedir que varejassem a botica e conseguir que ficassem na praça à espera do homem, que tinha o segredo de todo um Potosi. Ele não tardou a aparecer. Trepado a uma cadeira, tendo na mão uma pequena barra de ouro que reluzia ao forte sol da manhã, Bastos pediu graça, prometendo que ensinaria o segredo, se lhe poupassem a vida. "Queremos já sabê-lo", gritaram. Ele então explicou que era preciso redigir a receita, indicar a marcha do processo, os reativos — trabalho longo que só poderia ser entregue impresso no dia seguinte. Houve um murmúrio, alguns chegaram a gritar, mas o subdelegado falou e responsabilizou-se pelo resultado.

Docilmente, com aquela doçura particular às multidões furiosas, cada qual se encaminhou para casa, tendo na cabeça um único pensamento: arranjar imediatamente a maior porção de ossos de defunto que pudesse.

O sucesso chegou à casa do engenheiro residente da estrada de ferro. Ao jantar, não se falou em outra coisa. O doutor concatenou o que ainda sabia do seu curso, e afirmou que era impossível. Isto era alquimia, coisa morta: ouro é ouro, corpo simples, e osso é osso, um composto, fosfato de cal. Pensar que se podia fazer de uma coisa outra era "besteira". Cora aproveitou o caso para rir-se petropolimente da crueldade daqueles botocudos; mas sua mãe, dona Emília, tinha fé que a coisa era possível.

À noite, porém, o doutor percebendo que a mulher dormia, saltou a janela e correu em direitura ao cemitério; Cora, de pés nus, com as chinelas nas mãos, procurou a criada para irem juntas à colheita de ossos. Não a encontrou, foi sozinha; e dona Emília, vendo-se só, adivinhou o passeio e lá foi também. E assim aconteceu na cidade inteira. O pai, sem dizer nada ao filho, saía; a mulher, julgando enganar o marido, saía; os filhos, as filhas, os criados — toda a população, sob a luz das estrelas assombradas, correu ao satânico **rendez-vous** no "Sossego". E ninguém faltou. O mais rico e o mais pobre lá estavam. Era o turco Miguel, era o professor Pelino, o

Rendez-vous é encontro, em francês. Aqui se refere a locais de encontros amorosos escusos.

doutor Jerônimo, o major Camalho, Cora, a linda e deslumbrante Cora, com os seus lindos dedos de alabastro, revolvia a sânie das sepulturas, arrancava as carnes ainda podres agarradas tenazmente aos ossos e deles enchia o seu regaço até ali inútil. Era o dote que colhia e as suas narinas que se abriam em asas rosadas e quase transparentes, não sentiam o fétido dos tecidos apodrecidos em lama fedorenta...

A desinteligência não tardou a surgir; os mortos eram poucos e não bastavam para satisfazer a fome dos vivos. Houve facadas, tiros, cachações. Pelino esfaqueou o turco por causa de um fêmur e mesmo entre as famílias questões surgiram. Unicamente o carteiro e o filho não brigaram. Andaram juntos e de acordo e houve uma vez que o pequeno, uma esperta criança de 11 anos, até aconselhou ao pai: "Papai, vamos onde está mamãe; ela era tão gorda..."

De manhã, o cemitério tinha mais mortos do que aqueles que recebera em trinta anos de existência. Uma única pessoa lá não estivera, não matara nem profanara sepulturas: fora o bêbedo Belmiro.

Entrando numa venda, meio aberta, e nela não encontrou ninguém, enchera uma garrafa de parati e se deixara ficar a beber sentado na margem do Tubiacanga, vendo escorrer mansamente as suas águas sobre o áspero leito de granito — ambos, ele e o rio, indiferentes ao que já viram, ao que viam, mesmo à fuga do farmacêutico, com o seu Potosi e o seu segredo, sob o dossel eterno das estrelas.

Como o "homem" chegou

Este conto, publicado em 18 de outubro de 1914, ainda que apresente um clima de sátira, com seu estilo irônico, é também bastante dramático. Narra a vinda de um louco da Amazônia para o Rio de Janeiro. O texto, diferentemente das crônicas e de outros contos, não apresenta uma linguagem coloquial ao abordar a questão da loucura, tema recorrente na obra do escritor.

Deus está morto; a sua piedade pelos homens matou-o.
Nietzsche.

I

A polícia da república, como toda a gente sabe, é paternal e compassiva no tratamento das pessoas humildes que dela necessitam; e, sempre, quer se trate de humildes, quer de poderosos, a velha instituição cumpre religiosamente a lei. Vem-lhe daí o respeito que aos políticos os seus empregados tributam e a procura que ela merece desses homens, quase sempre interessados no cumprimento das leis que discutem e votam.

> *Friedrich Nietzsche* (1844-1900): filósofo alemão. Autor de entre outros *Assim falou Zaratustra*.

O caso que vamos narrar não chegou ao conhecimento do público, certamente devido à pouca atenção que lhe deram os repórteres; e é pena, pois, se assim não fosse, teriam nele encontrado pretexto para **clichés** bem macabramente mortuários que alegrassem as páginas de suas folhas volantes.

> *Clichés* são, em francês, lugares-comuns, chavões.

O delegado que funcionou na questão talvez não tivesse notado o grande alcance de sua obra; e tanto isso é de admi-

> *Sorites* é um tipo de raciocínio lógico que liga duas proposições distintas.

> *Minudência* ou pormenor, detalhe.

> *Admoestação* é advertência, aviso, conselho.

rar quanto as conseqüências do fato concordam com luxuriantes **sorites** de um filósofo sempre capaz de sugerir, do pé para a mão, novíssimas estéticas aos necessitados de apresentá-las ao público bem informado.

Sabedores de acontecimento de tal monta, não nos era possível deixar de narrá-lo com alguma **minudência**, para edificação dos delegados passados, presentes e futuros.

Naquela manhã, tinha a delegacia um movimento desusado. Passavam-se semanas, sem que houvesse uma simples prisão, uma pequena **admoestação**. A circunscrição era pacata e ordeira. Pobre, não havia furtos; sem comércio, não havia gatunos; sem indústria, não havia vagabundos, graças à sua extensão e aos capoeirões que lá havia; os que não tinham domicílio arranjavam-no facilmente em choças ligeiras sobre chãos de outros donos mal conhecidos.

Os regulamentos policiais não encontravam emprego; os funcionários do distrito viviam descansados e, sem desconfiança, olhavam a população do lugarejo. Compunha-se o destacamento de um cabo e três soldados; todos os quatro, gente simples, esquecida de sua condição de sustentáculos do Estado.

O comandante, um cabo gordo que falava arrastando a voz, com a cantante preguiça de um carro de bois a chiar, habitava com a família um rancho próximo e plantava ao redor melancias, colhendo-as de polpa bem rosada e doce, pelo verão inflexível da nossa terra. Um dos soldados tecia redes de pescaria, chumbava-as com cuidado para dar cerco às tainhas; e era de vê-las saltar por cima do fruto de sua indústria com a agilidade de acrobatas, agilidade surpreendente naqueles entes sem mãos e pernas diferenciadas. Um outro camarada matava o ócio pescando de caniço e quase nunca pescava crocorocas, pois diante do mar, da sua infinita grandeza, distraía-se, lembrando-se das quadrinhas que vinha compondo em louvor de uma beleza local.

Tinham também os inspetores de polícia essa concepção idílica, e não se aborreciam no morno vilarejo. Conceição, um deles, fabricava carvão e os plantões os fazia junto às **caieiras**, bem protegidas por cruzes toscas para que o tinhoso não entrasse nelas e fabricasse cinza em vez do combustível das engomadeiras. Um seu colega, de nome Nunes, aborrecido com o ar elísico daquela delegacia, imaginou quebrá-lo e lançou o jogo do bicho. Era uma coisa inocente: o mínimo da pule, um vintém; o máximo, duzentos réis, mas, ao chegar a riqueza do lugar, aí pelo tempo do caju, quando o sol saudoso da tarde dourava as areias e os frutos amarelos e vermelhos mais se intumesciam nos cajueiros frágeis, jogavam-se pules de dez tostões.

> *Caieiras* são fornos de olaria construídos com tijolos.

Vivia tudo em paz; o delegado não aparecia. Se o fazia de mês em mês, de semestre em semestre, de ano em ano, logo perguntava: houve alguma prisão? Respondiam alvissareiros: não, doutor; e a fronte do doutor se anuviava, como se sentisse naquele desuso do xadrez a morte próxima do Estado, da Civilização e do Progresso.

De onde em onde, porém, havia um caso de defloramento e este era o delito, o crime, a infração do lugarejo — um crime, uma infração, um delito muito próprio do Paraíso, que o tempo, porém, levou a ser julgado pelas polícias, quando, nas primeiras eras das nossas origens bíblicas, o fora pelo próprio Deus.

> Suasórios, ou seja, persuasivos, que convencem os outros.

Em geral, os inspetores por eles mesmos resolviam o caso; davam paternos conselhos **suasórios** e a lei sagrava o que já havia sido abençoado pelas prateadas folhas das imbaúbas, nos capoeirões cerrados.

Não quis, porém, o delegado deixar que os seus subordinados liquidassem aquele caso. A paciente era filha do Sambabaia, chefe político do partido do senador Melaço; e o agente era eleitor do partido contrário a Melaço. O programa do partido de Melaço era não fazer coisa alguma e o do contrário tinha o mesmo ideal; ambos, porém se diziam adversários de morte e essa oposição, refletindo-se no caso, embaraçava sobremodo o subdelegado.

Interrogado, confessara-se o agente pronto a reparar o mal; e, desde há muito, a paciente dera a tal respeito a sua indispensável opinião.

A autoridade, entretanto, hesitava, por causa da incompatibilidade política do casal. As audiências se sucediam e aquela era já a quarta. Estavam os soldados atônitos com tanta demora, provinda de não saber bem o delegado se, unindo mais uma vez o par, não iria o caso desgostar Melaço e mesmo o seu adversário Jati — ambos senadores poderosos, aquele do governo e este da oposição; e, desgostar qualquer deles, punha em perigo o seu emprego, porque, quase sempre entre nós, a oposição passa a ser governo e o governo oposição instantaneamente. O consentimento dos rapazes não bastava ao caso; era preciso, além, uma reconciliação ou uma simples adesão política.

Naquela manhã, o delegado tomava mais uma vez o depoimento do agente, inquirindo-o desta forma:

— Já se resolveu?

— Pois não, doutor. Estou inteiramente a seu dispor...

— Não é bem ao meu. Quero saber se o senhor tem tenção?
— De que, doutor? De casar? Pois não, doutor.
— Não é de casar... Isto já sei... É...
— Mas, de que deve ser, então, doutor?
— De entrar para o partido do doutor Melaço.
— Eu sempre, doutor, fui pelo doutor Jati. Não posso...
— Que tem uma coisa com a outra? O senhor divide o seu voto: a metade dá para um e a outra metade para outro. Está aí!
— Mas como?
— Ora! O senhor saberá arranjar as coisas da melhor forma; e, se o fizer com habilidade, ficarei contente e o senhor será feliz, porquanto pode arranjar tanto com um como com outro, conforme andar a política no próximo quatriênio, um lugar de guarda dos mangues.
— Não há vaga, doutor.
— Qual! Há sempre vaga, meu caro. O Felizardo não se tem querido alistar, não nasceu aqui, é de fora, é "estrangeiro"; e, dessa maneira, não pode continuar a fiscalizar os mangues. É vaga certa. O senhor adere ou antes: divide a votação?
— Divido, doutor.
— Pois então...

Por aí, um dos inspetores veio avisar de que o guarda-civil de nome Hane lhe queria falar. O doutor Cunsono estremeceu. Era coisa do chefe, do geral lá de baixo; e, de relance, viu o seu hábil trabalho de harmonizar Jati e Melaço perdido inteiramente, talvez por causa de não ter, naquele ano, efetuado sequer uma prisão. Estava na rua, suspendeu o interrogatório e veio receber o visitante com muita angústia no coração. Que seria?

— Doutor, foi logo dizendo o guarda, temos um louco.

Diante daquele caso novo, o delegado quis refletir, mas logo o guarda emendou:

— O doutor Sili...

Era assim o nome do ajudante do geral inacessível; e dele, os delegados têm mais medo do que do chefe supremo todo poderoso.

Hane continuou:

— O doutor Sili mandou dizer que o senhor o prendesse e o enviasse à central.

Cunsono pensou bem que esse negócio de reclusão de loucos é por demais grave e delicado e não era propriamente da sua competência fazê-lo, a menos que fossem sem eira nem beira ou ameaçassem a segurança pública. Pediu a Hane que o esperasse e foi consultar o escrivão. Este serventuário vivia ali de mau humor. O sossego da delegacia o aborrecia, não porque gostasse da agitação pela agitação, mas pelo simples fato de não perceber emolumentos ou quer que seja, tendo que viver de seus vencimentos. Aconselhou-se com ele o delegado e ficou perfeitamente informado do que dispunham a lei e a praxe. Mas Sili...

Voltando à sala, o guarda reiterou as ordens do auxiliar, contando também que o louco estava em Manaus. Se o próprio Sili não o mandava buscar, elucidou o guarda, era porque competia a Cunsono deter o "homem", porquanto a sua delegacia tinha costas do oceano e de Manaus se vinha por mar.

— É muito longe — objetou o delegado.

O guarda teve o cuidado de explicar que Sili já vira a distância no mapa e era bem reduzida: obra de palmo e meio. Cunsono perguntou ainda:

— Qual a profissão do "homem"?

— É empregado da delegacia fiscal.

— Tem pai?

— Tem.

Pensou o delegado que competia ao pai o pedido de internação, mas o guarda adivinhou-lhe o pensamento e afirmou:

— Eu o conheço muito e meu primo é concunhado dele.

Estava já Cunsono irritado com as objeções do escrivão e desejava servir a Sili, tanto mais que o caso desafiava a sua competência policial. A lei era ele; e mandou fazer o expediente.

Após o que tratou Cunsono de ultimar o enlace de Melaço e Jati, por intermédio do casamento da filha do Sambabaia. Tudo ficou assentado da melhor forma; e, em pequena hora, voltava o delegado para as ruas onde não policiava, satisfeito consigo mesmo e com a sua tríplice obra, pois não convém esquecer a sua caridosa intervenção no caso do louco de Manaus.

Tomava a condução que o devia trazer à cidade, quando a lembrança do meio de transporte do dementado lhe foi presente. Ao guarda-civil, ao representante de Sili na zona, perguntou por esse instante:

— Como há de vir o "sujeito"?

O guarda, sem atender diretamente à pergunta, disse:

— É... É, doutor; ele está muito furioso.

Cunsono pensou um instante, lembrou-se dos seus estudos e acudiu:

— Talvez um couraçado... O *Minas Gerais* não serve? Vou requisitá-lo.

Hane, que tinha prática do serviço e conhecimento dos compassivos processos policiais, refletiu:

— Doutor: não é preciso tanto. O "carro-forte" basta para trazer o "homem".

Concordou Cunsono e olhou as alturas um instante sem notar as nuvens que vogavam sem rumo certo, entre o céu e a terra.

. . . .

II

Sili, o doutor Sili, bem como Cunsono, graças à prática que tinha do ofício, dispunham da liberdade dos seus pares com a maior facilidade. Tinham substituído os graves exames íntimos provocados pelos deveres de seus cargos, as perigosas responsabilidades que lhes são próprias, pelo automático ato de uma assinatura rápida. Era um contínuo trazer um ofício, logo, sem bem pensar no que faziam, sem lê-lo até, assinavam e ia com essa assinatura um sujeito para a cadeia, onde ficava aguardando que se lembrasse de retirá-lo de lá a sua mão distraída e ligeira.

Assim era; e foi sem dificuldade que atendeu ao pedido de Cunsono no que toca ao carro-forte. Prontamente deu as ordens para que fosse fornecida a seu colega a masmorra ambulante, pior do que masmorra, do que solitária, pois nessas prisões sente-se ainda a algidez da pedra, alguma coisa ainda de meiguice, meiguice de sepultura, mas ainda assim meiguice; mas, no tal carro feroz, é tudo ferro, há a inexorável antipatia do ferro na cabeça, ferro nos pés, aos lados — uma igaçaba de ferro em que se vem sentado, imóvel, e para a qual se entra pelo próprio pé. É blindada e quem vai nela levado aos trancos e barrancos de seu respeitável peso e do calçamento das vias públicas, tem a impressão de que se lhe quer poupar a morte por um bombardeio de grossa artilharia para ser empalado aos olhos de um sultão. Um requinte de potentado asiático.

Essa prisão de Calístenes, blindada, chapeada, couraçada, foi posta em movimento; e saiu, abalando o calçamento, a chocalhar ferragens, a trovejar pelas ruas afora em busca de um inofensivo.

O "homem", como dizem eles, era um ente pacato lá dos confins de Manaus, que tinha a mania da astronomia e abandonara, não de todo, mas quase totalmente, a terra pelo céu inacessível. Vivia com o pai velho nos arrabaldes da cidade e construíra na chácara de sua residência um pequeno observatório, onde montou lunetas que lhe davam pasto à inocente mania. Julgando insuficientes o olhar e as lentes, para chegar ao perfeito conhecimento da **Aldebarã** longínqua, atirou-se ao cálculo, à inteligência pura, à matemática e a estudar com afinco e fúria de um doido ou de um gênio.

> *Aldebarã* é a estrela de primeira grandeza na Constelação de Touro.

Em uma terra inteiramente entregue à **chatinagem** e à **veniaga**, Fernando foi tomando a fama de louco, e não era ela sem algum motivo. Certos gestos, certas despreocupações e mesmo outras manifestações mais palpáveis pareciam justificar o julgamento comum; entretanto, ele vivia bem com o pai e cumpria os seus deveres razoavelmente. Porém, parentes oficiosos e outros longínquos aderentes entenderam curá-lo, como se se curassem **assomos** d'alma e anseios de pensamento.

> *Chatinagem*: negócios inescrupulosos, tráfico.
>
> *Veniaga* é o mesmo que trapaça, tramóia.

> *Assomos* são suspeitas, presunções.
>
> *Estultice* é tolice, imbecilidade.

Não lhes vinha tal propósito de perversidade inata, mas de **estultice** congênita juntamente com a comiseração explicável em parentes. Julgavam que o ser descompassado envergonhava a família e esse julgamento era reforçado pelos cochichos que ouviam de alguns homens esforçados por parecerem inteligentes.

O mais célebre deles era o doutor Barrado, um catita do lugar, cheiroso e apurado no corte das calças. Possuía esse doutor a obsessão das coisas extraordinárias, transcendentes, sem par, originais; e, como sabia Fernando simples e desdenhoso pelos mandões, supôs que ele, com esse procedimento, censurava Barrado por demais mesureiro com os magnatas. Começou, então, Barrado a dizer que Fernando não sabia astronomia; ora, este último não afirmava semelhante coisa. Lia, estudava e contava o que lia, mais ou menos o que aquele fazia nas salas, com os ditos e opiniões dos outros.

Houve quem o desmentisse; teimava, no entanto, Barrado no propósito. Entendeu também de estudar uma astronomia e bem oposta à de Fernando: a astronomia do centro da terra. O seu compêndio favorito era *A morgadinha de Val-Flor* e os livros auxiliares: *A dama de Monsoreau* e *O rei dos grilhetas*, numa biblioteca de **Herschell**.

> **Herschell**: família de astrônomos britânicos, de origem alemã.

Com isto, e cantando, e espalhando que Fernando vivia nas tascas com vagabundos, auxiliado pelo poeta Machino, o jornalista Cosmético e o antropologista Tucolas, que fazia sábias mensurações nos crânios das formigas, conseguiu emover os simplórios parentes de Fernando, e foi bastante que, de parente para conhecido, de conhecido para Hane, de Hane para Sili e Cunsono, as coisas se encadeassem e fosse obtida a ordem de partida daquela fortaleza couraçada, roncando pelas ruas, chocalhando ferragens, abalando calçadas, para ponto tão longínquo.

Quando, porém, o carro chegou à praça mais próxima, foi que o cocheiro lembrou-se de que não lhe tinham ensinado onde ficava Manaus. Voltou e Sili, com a energia de sua origem britânica, determinou que fretassem uma falua e fossem a reboque do primeiro paquete.

Sabedor do caso e como tivesse conhecimento de que Fernando era desafeto do poderoso chefe político Sofonias, Barrado que, desde muito, lhe queria ser agradável, calou o seu despeito, apresentou-se pronto para auxiliar a diligência. Esse chefe político dispunha de um prestígio imenso e nada entendia de astronomia; mas, naquele tempo, era a ciência da moda e tinham em grande consideração os membros da Sociedade Astronômica, da qual Barrado queria fazer parte.

Sofonias influía nas eleições da Sociedade, como em todas as outras, e podia determinar que Barrado fosse escolhido. Andava, portanto, o doutor captando a boa vontade da potente influência eleitoral, esperando obter, depois de eleito, o lugar de diretor geral das Estrelas de Segunda Grandeza.

Não é de estranhar, pois, que aceitasse tão árdua incumbência, e, com Hane e carrião, veio até à praia; mas não havia canoa, caíque, bote, jangada, catraia, chalana, falua, lancha, calunga, poveiro, peru, macacuano, pontão, alvarenga, saveiro, que os quisesse levar a tais alturas.

Hane desesperava, mas o companheiro, lembrando-se dos seus conhecimentos de astronomia, indicou um alvitre:

— O carro pode ir boiando.

— Como, doutor? É de ferro... muito pesado, doutor!

— Qual o quê! O *Minas*, o *Aragón*, o *São Paulo* não bóiam? Ele vai sim!

— E os burros?

— Irão a nadar, rebocando o carro.

Curvou-se o guarda diante do saber do doutor e deixou-lhe a missão confiada, conforme as ordens terminantes que recebera.

A **calistênica** entrou pela água adentro, consoante as ordens promanadas do saber de Barrado, e, logo que achou água suficiente, foi ao fundo com grande desprezo pela hidrostática do doutor. Os burros, que tinham sempre protestado contra a física do jovem sábio, partiram os arreios e salvaram-se; e graças a uma poderosa **cábrea**, pôde a **almanjarra** ser salva também.

Calistênica é a característica de quem faz muito exercício físico para manter a beleza e o vigor.

Cábrea é uma espécie de guindaste com duas ou três pernas que serve para levantar materiais nas construções.

Almanjarra é um homem agigantado, colossal.

Havia poucos paquetes para Manaus e o tempo urgia. Barrado tinha ordem franca de fazer o que quisesse. Não hesitou e, energicamente, fez reparar as avarias e tratou de embarcar num paquete todo o trem, fosse como fosse.

Ao embarcá-lo, porém, surgiu uma dúvida entre ele e o pessoal de bordo. Teimava Barrado que o carro merecia ir para um camarote de primeira classe, teimavam os marítimos que isso não era próprio, tanto mais que ele não indicava o lugar dos burros.

Era difícil essa questão da colocação dos burros. Os homens de bordo queriam que fossem para o interior do navio; mas, objetava o doutor:

— Morrem asfixiados, tanto mais que são burros e mesmo por isso.

De comum acordo, resolveram telegrafar a Sili para resolver a curiosa contenda. Não tardou viesse a resposta, que foi clara e precisa: "Burros sempre em cima. Sili."

Opinião como esta, tão sábia e tão verdadeira, tão cheia de filosofia e sagacidade da vida, aliviou todos os corações e abraços fraternais foram trocados entre conhecidos e inimigos, entre amigos e desconhecidos.

A sentença era de Salomão e houve mesmo quem quisesse aproveitar o **apotegma** para construir uma nova ordem social.

> *Apotegma* é uma sentença moral breve e conceituosa.

Restava a pequena dificuldade de fazer entrar o carro para o camarote do doutor Barrado. O convés foi aberto convenientemente, teve a sala de jantar mesas arrancadas e o bendegó ficou no centro dela, em exposição, feio e brutal, estúpido e inútil, como um monstro de museu.

O paquete moveu-se lentamente em demanda da barra. Antes fez uma doce curva, longa, muito suave, lentamente, como se, ao despedir-se, cumprimentasse reverente a beleza da Guanabara. As gaivotas voavam tranqüilas, cansavam-se, pousavam n'água — não precisavam de terra...

A cidade sumia-se vagarosamente e o carro foi atraindo a atenção de bordo.

— O que vem a ser isto?

Diante da almanjarra, muitos viajantes murmuravam protestos contra a presença daquele estafermo ali; outras pessoas diziam que se destinava a encarcerar um bandoleiro da Paraíba; outras que era um salva-vidas; mas, quando alguém disse que aquilo ia acompanhando um recomendado de Sofonias, a admiração foi geral e imprecisa.

Um oficial disse:

— Que construção engenhosa!

Um médico afirmou:

— Que linhas elegantes!

Um advogado refletiu:

— Que soberba criação mental!

Um literato sustentou:

— Parece um mármore de **Fídias**!

Um **sicofanta** berrou:

— É obra mesmo de Sofonias! Que republicano!

Uma moça adiantou:

— Deve ter sons magníficos!

Houve mesmo escala para dar ração aos burros, pois os mais graduados se disputavam a honraria. Um criado, porém, por ter passado junto ao monstro e o olhado com desdém, quase foi durumente castigado pelos passageiros. O ergástulo ambulante vingou-se do serviçal; durante todo o trajeto perturbou-lhe o serviço.

Apesar de ir correndo a viagem sem mais incidentes, quis ao meio dela Barrado desembarcar e continuá-la por terra. Consultou nestes termos Sili: "Melhor carro ir terra faltam três dedos mar alonga caminho"; e a resposta veio depois de

> *Fídias* (c.490–m.431): escultor grego. Autor de *O Zeus* de Olímpia e a estátua *Atena*, do Partenão.
>
> Sicofanta ou mentiroso.

alguns dias: "Não convém desembarque embora mais curto carro chega sujo. Siga."

Obedeceu e o meteorito, durante duas semanas, foi objeto da adoração do paquete. Nos últimos dias, quando um qualquer dos passageiros dele se acercava, passava-lhe pelo dorso negro a mão espalmada com a contrição religiosa de um maometano ao tocar na pedra negra da **Caaba**.

> *Caaba* é o santuário sagrado dos muçulmanos em Meca, Arábia Saudita.

Sofonias, que nada tinha com o caso, não teve nunca notícia dessa tocante adoração.

. . . .

III

Muito rica é Manaus, mas, como em todo o Amazonas, nela é vulgar a moeda de cobre. É um singular traço de riqueza que muito impressiona o viajante, tanto mais que não se quer outra e as rendas do Estado são avultadas. O Eldorado não conhece o ouro, nem o estima.

Outro traço de sua riqueza é o jogo. Lá, não é divertimento nem vício: é para quase todos profissão. O valor dos noivos, segundo dizem, é avaliado pela média das paradas felizes que fazem, e o das noivas pelo mesmo processo no tocante aos pais.

Chegou o navio a tão curiosa cidade 15 dias após fazendo uma plácida viagem, com o fetiche a bordo. Desembarcá-lo foi motivo de absorvente cogitação para o doutor Barrado. Temia que fosse de novo ao fundo, não porque o quisesse encaminhá-lo por sobre as águas do rio Negro; mas, pelo simples motivo de que, sendo o cais flutuante, o peso do carrião talvez trouxesse desastrosas conseqüências para ambos, cais e carro.

O capataz não encontrava perigo algum, pois desembarcavam e embarcavam pelos flutuantes volumes pesadíssimos, toneladas até.

Barrado, porém, que era observador, lembrava-se da aventura do rio, e objetou:

— Mas não são de ferro.

— Que tem isso? — fez o capataz.

Barrado, que era observador e inteligente, afinal compreendeu que um quilo de ferro pesa tanto quanto um de algodão; e só se convenceu inteiramente disso, como observador que era, quando viu o **ergástulo** em salvamento, rolando pelas ruas da cidade.

> *Ergástulo* significa cárcere, calabouço, masmorra.

Continuou a ser ídolo e o doutor agastou-se deveras porque o governador visitou a caranguejola, antes que a ele o fizesse.

Como não as tivesse completas para detenção de Fernando, pediu instruções a Sili. A resposta veio num longo telegrama minucioso e elucidativo. Devia requisitar força ao governador, arregimentar capangas e não desprezar as balas de **altéia**. Assim fez o comissário. Pediu uma companhia de soldados, foi às **alfurjas** da cidade catar bravos e adquirir uma confeitaria de altéia. Partiu em demanda do "homem" com esse trem de guerra; e, pondo-se cautelosamente em observação, **lobrigou** os óculos do observatório, donde concluiu que a sua força era insuficiente. Normas para o seu procedimento requereu a Sili. Vieram secas e peremptórias: "Empregue também artilharia."

> *Altéia* é um gênero de plantas herbáceas da família das malváceas.
>
> *Alfurjas* são lugares de má fama.
>
> *Lobrigou*, isto é, notou, percebeu.

De novo pôs-se em marcha com um parque do **Krupp**. Desgraçadamente não

> *Krupp*: família de industriais alemães.

Lima Barreto ɞ 97

encontrou o homem perigoso. Recolheu a expedição a quartéis; e, certo dia, quando de passeio, por acaso, foi parar a um café do centro comercial. Todas as mesas estavam ocupadas; e só em uma delas havia um único consumidor. A esta, ele sentou-se. Travou por qualquer motivo conversa com o **mazombo**; e, durante alguns minutos, aprendeu com o solitário alguma coisa.

> *Mazombo* ou sorumbático, mal-humorado.

Ao despedirem-se, foi que ligou o nome à pessoa, e ficou atarantado sem saber como proceder no momento. A ação, porém, lhe veio prontamente; e, sem dificuldade, falando em nome da lei e da autoridade, deteve o pacífico ferrabrás em um dos dois **bailéus** do cárcere ambulante.

> *Bailéus*: solitárias.

Não havia paquete naquele dia e Sili havia recomendado que o trouxessem imediatamente. Venha por terra, disse ele; e Barrado, lembrado do conselho, tratou de segui-lo. Procurou quem o guiasse até ao Rio, embora lhe parecesse curta e fácil a viagem. Examinou bem o mapa e, vendo que a distância era de palmo e meio, considerou que dentro dela não lhe cabia o carro. Por este e aquele, soube que os fabricantes de mapas não têm critério seguro: era fazer uns muito grandes, ou muito pequenos, conforme são para enfeitar livros ou adornar paredes. Sendo assim, a tal distância de 12 polegadas bem podia esconder viagem de um dia e mais.

Aconselhado pelo cocheiro, tomou um guia e encontrou-o no seu antigo conhecido Tucolas, sabedor como ninguém do interior do Brasil, pois o palmilhara à cata de formigas para bem firmar documentos às suas investigações antropológicas.

Aceitou a incumbência o curioso antropologista de **himenópteros**, aconselhando, entretanto, a modificação do itinerário.

> *Himenópteros* são insetos artrópodes como abelhas, vespas, marimbondos e formigas.

— Não me parece, senhor Barrado, que devamos atravessar o Amazonas. Melhor seria, senhor Barrado, irmos até a Venezuela, alcançar as Guianas e descermos, senhor Barrado.

— Não teremos rios a atravessar, Tucolas?

— Homem! Meu caro senhor, eu não sei bem; mas, senhor Barrado, me parece que não, e sabe por quê?

— Por quê?

— Por quê? Porque este Amazonas, senhor Barrado, não pode ir até lá, ao norte, pois só corre de oeste para leste...

Discutiram assim sabiamente o caminho; e, à proporção que manifestava o seu profundo trato com a geografia da América do Sul, mais Tucolas passava a mão pela cabeleira de inspirado.

Achou que os conselhos do doutor eram justos, mas temia as surpresas do carrião. Ora, ia ao fundo, por ser pesado; ora, sendo pesado, não fazia ir ao fundo frágeis flutuantes. Não fosse ele estranhar o chão estrangeiro e pregar-lhe alguma peça? O cocheiro não queria também ir pela Venezuela, temia pisar em terra de gringos e encarregou-se da travessia do Amazonas — o que foi feito em paz e salvamento, com a máxima simplicidade.

Logo que foi ultimado, Tucolas tratou de guiar a caravana. Prometeu que o faria com muito acerto e contentamento geral, pois aproveitá-la-ia, dilatando as suas pesquisas antropológicas aos moluscos dos nossos rios. Era sábio naturalista, e antropologista, e etnografista da novíssima escola do **conde de Gobineau**, novidade de uns sessenta anos atrás; e, desde muito, desejava fazer uma viagem daquelas para completar os seus estudos antropológicos nas formigas e nas ostras dos nossos rios.

> *Conde de Gobineau* (1816-1882): diplomata e escritor francês. Autor do ensaio *A desigualdade das raças humanas*, cujas idéias influenciaram os teóricos racistas.

A viagem correu maravilhosamente durante as primeiras horas. Sob um sol de fogo, o carro solavancava pelos maus caminhos; e o doente, à míngua de não ter onde se agarrar, ia ao encontro de uma e outra parede de sua prisão couraçada. Os burros, impelidos pelas violentas oscilações dos varais, encontravam-se e repeliam-se, ainda mais aumentando os ásperos solavancos da traquitana; e o cocheiro, na boléia, oscilava de lá para cá, de cá para lá, marcando o compasso da música chocalhante daquela marcha vagarosa.

Na primeira venda que passaram, uma dessas vendas perdidas, quase isoladas, dos caminhos desertos, onde o viajante se abastece e os vagabundos descansam de sua errância pelos descampados e montanhas, o encarcerado foi saudado com uma vaia: ó maluco! Ó maluco!

Andava Tucolas distraído a fossar e cavoucar, catando formigas; e, mal encontrava uma mais assim, logo examinava bem o crânio do inseto, procurava-lhe os ossos componentes, enquanto não fazia uma mensuração cuidadosa do ângulo de Camper ou mesmo de Cloquet. Barrado, cuja preocupação era ser **êmulo** do padre Vieira, aproveitara o tempo para firmar bem as regras de colocação de pronomes, sobretudo a que manda que o "que" atraia o pronome complemento.

E assim andando foi o carro, após dias de viagem, encontrar uma aldeia pobre, à margem de um rio, onde **chalanas** e navíecos a vapor tocavam de quando em quando.

Cuidaram imediatamente de obter hospedagem e alimentação no lugarejo. O cocheiro lembrou o "homem" que traziam. Barrado, a respeito, não tinha com segurança uma norma de proceder. Não sabia mesmo se essa espécie de doentes comia e consultou Sili, por telegrama. Respondeu-lhe a

> *Êmulo* é o mesmo que competidor, rival.

> *Chalanas* são pequenas embarcações de fundo chato usadas em rios.

autoridade, com a energia britânica que tinha no sangue, que não era do regulamento retirar aquela espécie de enfermos do carro, o "ar" sempre lhes fazia mal. De resto, era curta a viagem e tão sábia recomendação foi cegamente obedecida.

Em pequena hora, Barrado e o guia sentavam-se à mesa do professor público, que lhes oferecera de jantar. O ágape ia fraternal e alegre, quando houve a visita da Discórdia, a visita da Gramática.

O ingênuo professor não tinha conhecimento do pichoso saber gramatical do doutor Barrado e expunha candidamente os usos e costumes do lugar com a sua linguagem roceira:

— Há aqui entre nós muito pouco caso pelo estudo, doutor. Meus filhos mesmo e todos quase não querem saber de livros. Tirante este defeito, doutor, a gente quer mesmo o progresso.

Barrado implicou com o "tirante" e o "a gente", e tentou ironizar. Sorriu e observou:

— Fala-se mal, estou vendo.

O matuto percebeu que o doutor se referia a ele. Indagou mansamente:

— Por que o doutor diz isso?

— Por nada, professor. Por nada!

— Creio, **aduziu** o sertanejo, que, tirante eu, o doutor, aqui, não falou com mais ninguém.

Aduziu ou trouxe, apresentou argumentos.

Barrado notou ainda o "tirante" e olhou com inteligência para Tucolas que se distraía com um naco de tartaruga.

Observou o caipira momentaneamente o afã de comer do antropologista e disse meigamente:

— Aqui, a gente come muito isso. Tirante a caça e a pesca, nós raramente temos carne fresca.

A insistência do professor sertanejo irritava sobremaneira o doutor inigualável. Sempre aquele "tirante", sempre o tal "a gente, a gente, a gente" — um falar de preto mina! O professor, porém, continuou a informar calmamente:

— A gente aqui planta pouco, mesmo não vale a pena. Felizardo do Catolé plantou uns **leirões** de horta, há anos, e quando veio o calor e a enchente...

— É demais! É demais! — exclamou Barrado.

Docemente, o pedagogo indagou:
— Por quê? Por quê, doutor?

Estava o doutor sinistramente raivoso e explicou-se a custo:

— Então, não sabe? Não sabe?

— Não, doutor. Eu não sei — fez o professor com segurança e mansuetude.

Tucolas tinha parado de saborear a tartaruga, a fim de atinar com a origem da disputa.

— Não sabe, então — rematou Barrado —, não sabe que até agora o senhor não tem feito outra coisa senão errar em português?

— Como, doutor?

— É "tirante", é "a gente, a gente, a gente"; e, por cima de tudo, um **solecismo**!

— Onde, doutor?

— Veio o calor e a chuva — é português?

— É, doutor é, doutor! Veja o doutor João Ribeiro! Tudo isso está lá. Quer ver?

O professor levantou-se, apanhou sobre a mesa próxima uma velha gramática ensebada e mostrou a respeitável autoridade ao sábio doutor Barrado. Sem saber como sair-se, escondendo o despeito com uma fúria e um desdém simulados, ordenou:

— Tucolas, vamo-nos embora.

> *Leirões* são grandes sulcos abertos na terra para receber a semente.

> *Solecismo* é um erro de sintaxe, de construção gramatical.

— E a tartaruga? — diz o outro.

O hóspede ofereceu-a, o original antropologista embrulhou-a e saiu com o companheiro. Cá fora, tudo era silêncio e o céu estava negro. As estrelas pequeninas piscavam sem cessar o seu olhar eterno para a terra muito grande. O doutor foi ao encontro da curiosidade recalcada de Tucolas:

— Vê, Tucolas, como anda o nosso ensino? Os professores não sabem os elementos de gramática, e falam como negros de senzala.

— Senhor Barrado, julgo que o senhor deve a esse respeito chamar a atenção do ministro competente, pois me parece que o país, atualmente, possui um dos mais autorizados na matéria.

— Vou tratar, Tucolas, tanto mais que o Semicas é amigo do Sofonias.

— Senhor Barrado, uma coisa...

— Que é?

— Já falou, senhor Barrado, a meu respeito com o senhor Sofonias?

— Desde muito, meu caro Tucolas. Está à espera da reforma do museu e tu vais para lá direitinho. É o teu lugar.

— Obrigado, senhor Barrado. Obrigado.

A viagem continuou monotonamente. Transmontaram serras, vadearam rios e, num deles, houve um ataque de jacarés, dos quais se salvou Barrado graças à sua pele muito dura. Entretanto, um dos animais de tiro perdeu uma das patas dianteiras e mesmo assim conseguiu pôr-se a salvo na margem oposta.

Sarou-lhe a ferida não se sabe como e o animal não deixou de acompanhar a caravana. Às vezes, distanciava-se; às vezes, aproximava-se; e sempre a pobre alimária olhava longamente, demoradamente, aquele forno ambulante, manquejando sempre, impotente para a carreira, e como se se lastimasse de não poder auxiliar eficazmente o lento reboque daquela almanjarra pesadona.

Em dado momento, o cocheiro avisa Barrado de que o "homem" parecia estar morto; havia até um mau cheiro indicador. O regulamento não permitia a abertura da prisão e o doutor não quis verificar o que havia de verdade no caso. Comia aqui, dormia ali, Tucolas também e os burros também — que mais era preciso para ser agradável a Sofonias? Nada, ou antes: trazer o "homem" até ao Rio de Janeiro. As 12 polegadas da sua cartografia desdobravam-se em um infinito número de quilômetros. Tucolas que conhecia o caminho, dizia sempre: estamos a chegar, senhor Barrado! Estamos a chegar! Assim levaram meses andando, com o burro aleijado a manquejar atrás do ergástulo ambulante, olhando-o docemente, cheio de piedade impotente.

Os urubus crocitavam por sobre a caravana, estreitavam o vôo, desciam mais, mais, mais, mais, até quase debicar no carro-forte. Barrado punha-se furioso a enxotá-los a pedradas; Tucolas imaginava aparelhos para examinar a caixa craniana das ostras de que andava à caça; o cocheiro obedecia.

Mais ou menos assim, levaram dois anos e foram chegar à aldeia dos Serradores, margem do Tocantins.

Quando aportaram, havia na praça principal uma grande disputa, tendo por motivo o preenchimento de uma vaga na Academia dos Lambrequins.

Logo que Barrado soube do que se tratava, meteu-se na disputa e foi gritando lá a seu jeito e sacudindo as perninhas:

— Eu também sou candidato! Eu também sou candidato!

Um dos circunstantes perguntou-lhe a tempo, com toda a paciência:

— Moço: o senhor sabe fazer lambrequins?

— Não sei, não sei, mas aprendo na academia e é para isso que quero entrar.

A eleição teve lugar e a escolha recaiu sobre um outro mais hábil no uso da serra que o doutor recém-chegado.

Precipitou-se por isso a partida e o carro continuou a sua **odisséia**, com o acompanhamento do burro, sempre a olhá-lo longamente, infinitamente, demoradamente, cheio de piedade imponente. Aos poucos os urubus se despediram; e, no fim de quatro anos, o carrião entrou pelo Rio adentro, a roncar pelas calçadas, chocalhando duramente as ferragens, com o seu manco e compassivo burro a manquejar-lhe à sirga.

> *Odisséia* é uma aventura ou empreitada cheia de obstáculos.

Logo que foi chegado, um hábil serralheiro veio abri-lo, pois a fechadura desarranjara-se devido aos trancos e às intempéries da viagem, e desobedecia à chave competente. Sili determinou que os médicos examinassem o doente, exame que, mergulhados numa atmosfera de desinfetantes, foi feito no necrotério público.

Foi este o destino do enfermo pelo qual o delegado Cunsono se interessou com tanta solicitude.

Clara dos Anjos

. . . .

Clara dos Anjos é o título de um conto e de um romance de Lima Barreto. O escritor começa a escrever o romance em 1904, mas naquela ocasião não leva adiante a idéia. Em 1919 retoma o tema, publicando este conto na revista *América Latina*. Anos depois, tenta escrever o romance, que acaba se tornando uma novela finalizada em 1921 e publicada depois de sua morte em 1948. O eixo da narrativa das duas obras é a mesma. Trata-se da história de uma jovem mulata, filha única de um carteiro que gostava de violão e de modinhas. Os pais cuidavam da moça com todo o zelo. Até que entra em cena o trovador Júlio Costa, branco e extremamente sedutor. Para não estragar a surpresa do desfecho, é importante ressaltar que esta narrativa aborda um tema privilegiado por Lima Barreto em suas obras: a discriminação racial.

. . . .

A Andrade Murici

O carteiro Joaquim dos Anjos não era homem de serestas e serenatas, mas gostava de violão e de modinhas. Ele mesmo tocava flauta, instrumento que já foi muito estimado, não o sendo tanto atualmente como outrora. Acreditava-se até músico, pois compunha valsas, tangos e acompanhamentos para modinhas.

Aprendera a "artinha" musical na terra de seu nascimento, nos arredores de Diamantina, e a sabia de cor e salteado; mas não saíra daí.

Pouco ambicioso em música, ele o era também nas demais manifestações de sua vida. Empregado de um advogado famoso, sempre quisera obter um modesto emprego público que lhe desse direito à aposentadoria e ao montepio, para a mulher e a filha. Conseguira aquele de carteiro, havia quinze para vinte anos, com o qual estava muito contente, apesar de ser trabalhoso e o ordenado ser exíguo.

Logo que foi nomeado, tratou de vender as terras que tinha no local de seu nascimento e adquirir aquela casita de subúrbio, por preço módico, mas, mesmo assim, o dinheiro não chegara e o resto pagou ele em prestações. Agora, e mesmo há vários anos, estava de plena posse dela. Era simples a casa. Tinha dois quartos, um que dava para a sala de visitas e outro, para a de jantar. Correspondendo a um terço da largura total da casa, havia nos fundos um puxadito que era a cozinha. Fora do corpo da casa, um barracão para banheiro, tanque, etc.; e o quintal era de superfície razoável, onde cresciam goiabeiras maltratadas e um grande tamarineiro copado.

A rua desenvolvia-se no plano e, quando chovia, encharcava que nem um pântano; entretanto, era povoada e dela se descortinava um lindo panorama de montanhas que pareciam cercá-la de todos os lados, embora a grande distância. Tinha boas casas a rua. Havia até uma grande chácara de outros tempos com aquela casa característica de velhas chácaras de longa fachada, de teto acaçapado, forrada de azulejos até à metade do pé-direito, um tanto feia, é fato, sem garridice, mas casando-se perfeitamente com as anosas mangueiras, com as robustas jaqueiras e com todas aquelas grandes e velhas árvores que, talvez, os que as plantaram, não tivessem visto frutificar.

Por aqueles tempos, nessa chácara, se haviam estabelecido os "bíblias". Os seus cânticos, aos sábados, quase de hora em hora, enchiam a redondeza. O povo não os via com hostilidade, mesmo alguns humildes homens e pobres raparigas simpatizavam com eles, porque, justificavam, não eram como os padres que, para tudo, querem dinheiro.

Chefiava os protestantes um americano, *Mr.* Sharp, homem tenaz e cheio de uma eloqüência bíblica que devia ser magnífica em inglês; mas que no seu duvidoso português, se fazia simplesmente pitoresca. Era Sharp daquela raça curiosa de *yankees* que, de quando em quando, à luz da interpretação de um ou mais versículos da Bíblia, fundam seitas cristãs, propagam-nas, encontram adeptos logo, os quais não sabem bem porque foram para a nova e qual a diferença que há entre esta e a de que vieram.

> Prosélitos são seguidores.
>
> Eirado é o mesmo que terraço.
>
> Salmodias são cantos e recitação de salmos.

Fazia **prosélitos** e, quando se tratava de iniciar uma turma, os noviços dormiam em barracas de campanha, erguidas no **eirado** da chácara ou entre as suas velhas árvores maltratadas e desprezadas. As cerimônias preparatórias duravam uma semana, cheia de cânticos divinos; e a velha propriedade, com as suas barracas e **salmodias**, adquiria um aspecto esquisito de convento ao ar livre de mistura com um certo ar de acampamento militar.

Da redondeza, poucos eram os adeptos ortodoxos; entretanto, muitos lá iam por mera curiosidade ou para deliciar-se com a oratória de *Mr.* Sharp.

Iam sem nenhuma repugnância, pois é próprio do nosso pequeno povo fazer um extravagante amálgama de religiões e crenças de toda a sorte, e socorrer-se desta ou daquela, conforme os transes de sua existência. Se se trata de afastar atrasos de vida, apela para a feitiçaria; se se trata de curar uma moléstia tenaz e resistente, procura o espírita; mas não falem à nossa gente humilde em deixar de batizar o filho pelo sacerdote católico, porque não há quem não se zangue: Meu filho ficar pagão! Deus me defenda!

Joaquim não fazia exceção desta regra e sua mulher, a Engrácia, ainda menos.

Eram casados há quase vinte anos, mas só tinham uma filha, a Clara. O carteiro era pardo claro, mas com cabelo ruim, como se diz; a mulher, porém, apesar de mais escura, tinha o cabelo liso.

Na tez, a filha puxava o pai; e no cabelo, à mãe. Na estatura, ficara entre os dois. Joaquim era alto, bem alto, acima da média, ombros quadrados; a mãe não sendo muito baixa, não alcançava a média, possuindo uma fisionomia miúda, mas regular, o que não acontecia com o marido que tinha o nariz grosso, quase chato. A filha, a Clara, tinha ficado em tudo entre os dois; média deles, era bem a filha de ambos. Habituada às musicatas do pai, crescera cheia de vapores das modinhas e enfumaçara a sua pequena alma de rapariga pobre com os dengues e a melancolia dos descantes e cantarolas.

Com 17 anos, tanto o pai como a mãe tinham por ela grandes desvelos e cuidados. Mais depressa ia Engrácia à venda de "seu" Nascimento buscar isto, ou aquilo, do que ela. Não que a venda de "seu" Nascimento fosse lugar de badernas; ao contrário: as pessoas que lá faziam "ponto" eram de todo o respeito.

O Alípio, uma delas, era um tipo curioso de rapaz, que, conquanto pobre, não deixava de ser respeitador e bem comportado. Tinha um aspecto de galo de briga; entretanto, estava longe de possuir a ferocidade repugnante desses galos malaios de apostas, não possuindo — é preciso saber — nenhuma.

Um outro que aparecia sempre lá era um inglês, *Mr.* Persons, desenhista de uma grande oficina mecânica das imediações. Quando saía do trabalho, passava na venda, lá se sentava naqueles característicos tamboretes de abrir e fechar, e deixava-se ficar até ao anoitecer bebericando ou lendo os jornais do senhor Nascimento. Silencioso, quase taciturno, pouco conversava e implicava muito com quem o tratava por "seu" *mister*.

Havia lá também o filósofo Meneses, um velho **hidrópico**, que se tinha na conta de sábio, mas que não passava de um simples dentista clandestino e dizia

> *Hidrópico* é quem acumula líquido em tecidos e cavidades do corpo.

Lima Barreto ca 109

tolices sobre todas as cousas. Era um velho branco, simpático, com um todo de imperador romano, barbas alvas e abundantes.

Aparecia, às vezes, o J. Amarante, um poeta, verdadeiramente poeta, que tivera o seu momento de celebridade em todo o Brasil, se ainda não a tem; mas que, naquela época, devido ao álcool e a desgostos íntimos, era uma triste ruína de homem, apesar dos seus dez volumes de versos, dez sucessos, com os quais todos ganharam dinheiro menos ele. Amnésico, semi-imbecilizado, não seguia uma conversa com tino e falava desconexamente. O subúrbio não sabia bem quem ele era; chamava-o muito simplesmente — o poeta.

Um outro freqüentador da venda era o velho Valentim, um português dos seus sessenta anos e pouco, que tinha o corpo curvado para diante, devido ao hábito contraído no seu ofício de chacareiro que já devia exercer há mais de quarenta. Contava "casos" e anedotas de sua terra, pontilhando tudo de rifões portugueses do mais saboroso pitoresco.

Apesar de ser assim decente, Clara não ia à venda; mas o pai, em alguns domingos, permitia que fosse com as amigas ao cinema do Méier ou Engenho de Dentro, enquanto ele e alguns amigos ficavam em casa tocando violão, cantando modinhas e bebericando parati.

Pela manhã, logo nas primeiras horas, os companheiros apareciam, tomavam café, iam em seguida para o quintal, para debaixo do tamarineiro, jogar a bisca, com o litro de cachaça ao lado; e aí sem dar uma vista d'olhos sobre as montanhas circundantes, nuas e **empedrouçadas**, deixavam-se ficar até à hora do "ajantarado" que a mulher e a filha preparavam.

Empedrouçadas ou pedregosas.

Só depois deste, é que as cantorias começavam.

Certo dia, um dos companheiros dominicais do Joaquim pediu-lhe licença para trazer, no dia do aniversário dele, que estava próximo, um rapaz de sua amizade, o Júlio Costa, que era um exímio cantor de modinhas. Acedeu. Veio o dia da festa e o famoso trovador apareceu. Branco, sardento, insignificante, de rosto e de corpo, não tinha as tais melenas denunciadoras, nem outro qualquer traço de capadócio. Vestia-se seriamente com um apuro muito suburbano, sob a tesoura de alfaiate de quarta ordem. A única pelintragem adequada ao seu mister que apresentava, consistia em trazer o cabelo repartido no alto da cabeça, dividido muito exatamente pelo meio. Acompanhava-o o violão. A sua entrada foi um sucesso.

Todas as moças das mais diferentes cores que, aí, a pobreza harmonizava e esbatia, logo o admiraram. Nem César Bórgia, entrando mascarado, num baile à fantasia dado por seu pai, no Vaticano, causaria tanta emoção.

Afirmavam umas para as outras:

— É ele! É ele, sim!

Os rapazes, porém, não ficaram muito contentes com isto; e, entre eles, puseram-se a contar histórias escabrosas da vida galante do cantor de modinhas.

Apresentado aos donos da casa e à filha, ninguém notou o olhar guloso que deitou para os seios empinados de Clara.

O baile começou com a música de um "terno" de flauta, cavaquinho e violão. A polca era a dança preferida e quase todos a dançavam com requebros próprios de samba.

Num intervalo Joaquim convidou:

— Por que não canta, "seu" Júlio?

— Estou sem voz, respondeu ele.

Até ali, ele tinha tomado parte no "terno"; e, repinicando as cordas, não deixava de devorar com os olhos os bamboleios de quadris de Clarinha, quando dançava. Vendo que seu pai convidara o rapaz, animou-se a fazê-lo também:

— Por que não canta, "seu" Júlio? Dizem que o senhor canta tão bem...

Esse — "tão bem" — foi alongado maciamente. O cantador acudiu logo:

— Qual, minha senhora! São bondades dos camaradas...

Concertou a "pastinha" com as duas mãos, enquanto Clara dizia:

— Cante! Vá!

— Já que a senhora manda, disse ele, vou cantar.

Com todo o dengue, agarrou o violão, fez estalar as cordas e anunciou:

— "Amor e sonho".

E começou com uma voz muito alta, quase berrando, a modinha, para depois arrastá-la num tom mais baixo, cheio de mágoa e langor, sibilando os "ss", carregando os "rr" das metáforas horrendas de que estava cheia a cantoria. A cousa era, porém, sincera; e mesmo as comparações estrambóticas levantavam nos singelos cérebros das ouvintes largas perspectivas de sonhos, erguiam desejos, despertavam anseios e visões douradas. Acabou. Os aplausos foram entusiásticos e só Clarinha não aplaudiu, porque, tendo sonhado durante toda a modinha, ficara ainda embevecida quando ela acabou...

Dias depois, vindo à janela por acaso — era de tarde — sem grande surpresa, como se já o esperasse, Clara recebeu o cumprimento do cantor magoado. Não pôs malícia na cousa, tanto assim que disse candidamente à mãe:

— Mamãe, sabe quem passou aí?

— Quem?

— "Seu" Júlio.

— Que Júlio?

— Aquele que cantou nos "anos" de papai.

A vida da casa, após a festança de aniversário do Joaquim, continuou a ser a mesma. Nos domingos, aquelas partidas de bisca com o Eleutério, servente da biblioteca, e com o Augusto, guarda municipal, acompanhadas de copitos de cachaça, e o violão, à tarde. Não tardou que se viesse agregar um novo comensal: era o Júlio Costa, o famoso modinheiro suburbano, amigo íntimo do Augusto e seu professor de trovas.

    Júlio quase nunca jantava, pois tinha sempre convites em todos os quatro pontos cardeais daquelas paragens. Tomava parte nas partidas de bisca, de parceirada, e pouco bebia. Apesar de não demorar-se pela tarde adentro, pôde ir cercando a rapariga, a Clara, cujos seios empinados, volumosos e redondos fascinavam-lhe extraordinariamente e excitavam a sua gula carnal insaciável. Em começo foram só olhares que a moça, com os seus úmidos olhos negros, grandes, quase cobrindo toda a esclerótica, correspondia a furto e com medo; depois, foram pequenas frases, galanteios, trocados às escondidas, para, afinal, vir a fatídica carta.

    Ela a recebeu, meteu-a no seio e, ao deitar-se, leu-a, sob a luz da vela, medrosa e palpitante. A carta era a cousa mais fantástica, no que diz respeito à ortografia e à sintaxe, que se pode imaginar; tinha porém, uma virtude: não era copiada do *Secretário dos amantes*, era original. Contudo a missiva fez estremecer toda a natureza virgem de Clara que, com a sua leitura, sentiu haver nela surgido alguma cousa de novo, de estranho, até ali nunca sentida. Dormiu mal. Não sabia bem o que fazer: se responder, se devolver. Viu o olhar severo do pai; as recriminações da mãe. Ela, porém, precisava casar-se. Não havia de ser toda a vida assim como um cão sem dono... Os pais viriam a morrer e ela não podia ficar pelo mundo desamparada... Uma dúvida lhe veio: ele era branco; ela, mulata... Mas que tinha isso? Tinham-se visto tantos casos... Lembrou-se de alguns... Por que não havia de ser? Ele falava com tanta paixão... Ofegava, suspirava, chorava; e os seus seios duros estouravam de virgindade e de ansiedade de amar... Responderia; e assim fez, no dia seguinte. As visitas de Costa tornaram-se mais demoradas e as cartas mais constantes. A mãe desconfiou e perguntou à filha:

    — Você está namorando "seu" Júlio, Clarinha?

    — Eu, mamãe! Nem penso nisso...

— Está, sim! Então não vejo?

A menina pôs-se a chorar; a mãe não falou mais nisso; e Clara, logo que pôde, mandou pelo Aristides, um molecote da vizinhança, uma carta ao modinheiro, relatando o fato.

Júlio morava na estação próxima e a situação de sua família era bem superior à da sua namorada. O seu pai tinha um emprego regular na prefeitura e era, em tudo, diferente do filho. Sisudo, grave, sério, ia até a imponência grotesca do bom funcionário; e não seria capaz de admitir que a namorada do filho dançasse na sua sala. Sua mulher não tinha o ar solene do marido, era, porém, relaxada de modos e hábitos. Comia com a mão, andava descalça, catava intrigas e "novidades" da vizinhança; mas tinha, apesar disso, uma pretensão íntima de ser grande cousa, de uma grande família.

Além do Júlio, tinha três filhas, uma das quais já era adjunta municipal; e, das outras duas, uma estava na Escola Normal e a mais moça cursava o Instituto de Música.

Tiravam muito ao pai, no gênio **sobranceiro**, no orgulho fofo da família; e tinham ambição de casamentos doutorais. Mercedes, Adelaide e Maria Eugênia, eram esses os nomes, não suportariam de nenhuma forma Clara como cunhada, embora desprezassem soberbamente o irmão pelos seus maus costumes, pelo seu violão, pelos seus plebeus galos de briga e pela sua ignorância crassa.

Sobranceiro é arrogante, soberbo.

Pequenas burguesas, sem nenhuma fortuna, mas, devido à situação do pai e o terem freqüentado escolas de certa importância, elas não admitiriam para Clara senão um destino: o de criada de servir.

Entretanto, Clara era doce e meiga; inocente e boa, podia-se dizer que era muito superior ao irmão delas pelo sentimento, ficando talvez acima dele, pela instrução, conquanto fosse rudimentar, como não podia deixar de ser, dada a sua condição de rapariga pobríssima. Júlio era quase analfabeto e não tinha poder de atenção suficiente para ler o entrecho de uma fita de cinematógrafo. Muito estúpido, a sua vida mental se cifrava na composição de modinhas delambidas, recheadas das mais estranhas imagens que a sua imaginação erótica, sufocada pelas conveniências, criava, tendo sempre perante seus olhos o ato sexual.

Mais de uma vez, ele se vira a braços com a polícia por causa de defloramentos e seduções de menores.

O pai, desde a segunda, recusara intervir; mas a mãe, dona Inês, a custo de rogos, de choro, de apelo — para a pureza de sangue da família, conseguira que o marido, o capitão Bandeira, procurasse influenciar, a fim de evitar que o filho casasse com uma negrinha de 16 anos, a quem o Júlio "tinha feito mal".

Apesar de não ser totalmente má, os seus preconceitos juntos à estreiteza da sua inteligência não permitiram ao seu coração que agasalhasse ou protegesse o seu infeliz neto. Sem nenhum remorso, deixou-o por aí, à toa, pelo mundo...

O pai desgostoso com o filho largara-o de mão; e quase não se viam. Júlio vivia no porão da casa ou nos fundos da chácara onde tinha gaiolas de galos de briga, o bicho mais **hediondo**, mais repugnantemente feroz que é dado a olhos humanos ver. Era a sua indústria e o seu comércio esse negócio de galos e as suas brigas em **rinhadeiros**. Barganhava-os, vendia-os, chocava as galinhas, apostava nas rinhas; e com o resultado disso e com alguns cobres que a mãe lhe dava, vivia e obtinha dinheiro para vestir-se. Era o tipo completo do vagabundo doméstico, como há milhares nos subúrbios e em outros bairros do Rio de Janeiro.

> *Hediondo* é o mesmo que depravado, imundo, sórdido.
>
> *Rinhadeiros* são lugares onde se promovem rinhas ou brigas de galo.

A mãe, sempre temendo que se repetissem os seus ajustes de contas com a polícia, esforçava-se sempre por estar ao corrente dos seus amores. Veio a saber do seu último com Clara e repreendeu-o nos termos mais desabridos. Ouviu-a o filho respeitosamente, sem dizer uma palavra; mas, julgou da boa política relatar, a seu modo, por carta, tudo à namorada. Assim escreveu:

> Queridinha confeço-te que ontem quando recebi a tua carta minha mãe viu e fiquei tão louco que confecei tudo a mamãe que lhe amava muito e fazia por voce as maiores violencias, ficaram todos contra mim é a razão porque previno-te que não ligues ao que lhe disserem, por isso pesso-te que preze bem o meu sofrimento.
>
> Pense bem e veja se estás resolvida a fazer o que lhe pedi na ultima cartinha.
>
> Saudades e mais saudades deste infeliz que tanto lhe adora a não é correspondido. O teu Julio.

Clara já estava habituada com a redação e ortografia do seu namorado, mas, apesar de escrever muito melhor, a sua instrução era insuficiente para desprezar um galanteador tão analfabeto. Ainda por cima, a sua fascinação pelo modinheiro e a sua obsessão pelo casamento lhe tiravam toda a capacidade crítica que pudesse ter. A carta produziu o efeito esperado por Júlio. Choro, palpitações, anseios vagos, esperanças nevoentas, vislumbres de céus desconhecidos e encantados — tudo isso aquela carta lhe trouxe, além do halo de dedicação e amor por ela com que Clara fez resplandecer, na imaginação, as pastinhas do violeiro. Daí a dias, fez o prometido, isto é, deixou a janela do quarto aberta para que ele entrasse no aposento. Repetiu a façanha quase todas as noites seguidas, sem que ele se demorasse muito no quarto.

Nos domingos, aparecia, cantava e semelhava que entre ambos não havia nada. Um belo dia, Clara sentiu alguma cousa de estranho no ventre. Comunicou ao namorado. Qual! Não era nada, disse ele. Era, sim; era o filho. Ela chorou, ele acalmou-a, prometendo casamento. O ventre crescia, crescia...

O cantador de modinhas foi fugindo, deixou de aparecer a miúdo; e Clara chorava. Ainda não lhe tinham percebido a gravidez. A mãe, porém, com auxílio de certas intimidades próprias de mãe para filha, desconfiou e pô-la em confissão. Clara não pôde esconder, disse tudo; e aquelas duas humildes mulheres choraram abraçadas diante do irremediável... A filha teve uma idéia:

— Mamãe, antes da senhora dizer a papai, deixa-me ir até à casa dele, para falar com a sua mãe?

A velha meditou e aceitou o alvitre:

— Vai!

Clara vestiu-se rapidamente e foi. Recebida com altaneria por uma das filhas, disse que queria falar à mãe de Júlio. Recebeu-a esta rispidamente; mas a rapariga, com toda a coragem e com sangue frio difícil de crer, confessou-lhe tudo, o seu erro e a sua desdita.

— Mas o que é que você quer que eu faça?

— Que ele se case comigo, fez Clara num só hausto.

— Ora, esta! Você não se enxerga! Você não vê mesmo que meu filho não é para se casar com gente da laia de você! Ele não amarrou você, ele não amordaçou você... Vá-se embora, rapariga! Ora já se viu! Vá!

Clara saiu sem dizer nada, reprimindo as lágrimas, para que na rua não lhe descobrissem a vergonha. Então, ela? Então ela não se podia casar com aquele **calaceiro**, sem nenhum título, sem nenhuma qualidade superior? Por quê?

> Este diálogo apresenta com emoção a questão da discriminação racial, presente na vida e na obra de Lima Barreto.

> *Calaceiro* é preguiçoso, vadio.

Lima Barreto

Viu bem a sua condição na sociedade, o seu estado de inferioridade permanente, sem poder aspirar a cousa mais simples que todas as moças aspiram. Para que seriam aqueles cuidados todos de seus pais? Foram inúteis e contraproducentes, pois evitaram que ela conhecesse bem justamente a sua condição e os limites das suas aspirações sentimentais... Voltou para casa depressa. Chegou; o pai ainda não viera.

Foi ao encontro da mãe. Não lhe disse nada; abraçou-a, chorando. A mãe também chorou e, quando Clara parou de chorar, entre soluços, disse:

— Mamãe, eu não sou nada nesta vida.

Romance

Recordações do escrivão Isaías Caminha

....

Esta é uma das obras mais importantes de Lima Barreto. Escrita em 1909, ela reúne jornalismo, literatura e a cidade do Rio de Janeiro, três temas muito caros ao escritor. Pode também ser lida como um relato autobiográfico. O livro conta a trajetória de um jovem pobre do interior que vai para o Rio de Janeiro cheio de ambições. Ele quer ser doutor e por intermédio de um amigo procura um deputado influente na cidade para que este possa lhe ajudar. Neste primeiro capítulo, Lima Barreto descreve seu protagonista, seus sentimentos em relação à mãe, a saída de sua cidade e as expectativas de Isaías em relação ao Rio de Janeiro.

....

I

A tristeza, a compressão e a desigualdade de nível mental do meio familiar agiram sobre mim de um modo curioso: deram-me anseios de inteligência. Meu pai, que era fortemente inteligente e ilustrado, em começo, na minha primeira infância, estimulou-me pela obscuridade de suas exortações. Eu não tinha ainda entrado para o colégio, quando uma vez me disse: "Você sabe que nasceu quando Napoleão ganhou a batalha de Marengo?" Arregalei os olhos e perguntei: "Quem era Napoleão?" "Um grande homem, um grande general..." E não disse mais nada. Encostou-se à cadeira e continuou a ler o livro. Afastei-me sem entrar na significação de suas palavras; contudo, a entonação de voz, o gesto e o olhar ficaram-me eternamente. Um grande homem!...

O espetáculo do saber de meu pai, realçado pela ignorância de minha mãe e de outros parentes dela, surgiu aos meus olhos de criança como um deslumbramento. Pareceu-me então que aquela sua faculdade de explicar tudo, aquele seu desembaraço de linguagem, a sua capacidade de ler línguas diversas e compreendê-las constituíam não só uma razão de ser de felicidade, de abundância e riqueza, mas também um título para o superior respeito dos homens e para a superior consideração de toda a gente.

Sabendo, ficávamos de alguma maneira sagrados, deificados... Se minha mãe me aparecia triste e humilde — pensava eu naquele tempo — era porque não sabia, como meu pai, dizer os nomes das estrelas do céu e explicar a natureza da chuva...

Foi com estes sentimentos que entrei para o curso primário. Dediquei-me açodadamente ao estudo. Brilhei, e com o tempo foram-se desdobrando as minhas primitivas noções sobre o saber.

Acentuaram-se-me tendências; pus-me a colimar glórias extraordinárias, sem lhes avaliar ao certo a significação e a utilidade. Houve na minha alma um tumultuar de desejos, de aspirações indefinidas. Para mim era como se o mundo me estivesse esperando para continuar a evoluir...

Ouvia uma tentadora **sibila** falar-me, a toda a hora e a todo o instante, na minha glória futura. Agia desordenadamente e sentia a incoerência dos meus atos, mas esperava que o preenchimento final do meu destino me explicasse cabalmente. Veio-me a *pose*, a necessidade de ser diferente. Relaxei-me no vestuário e era preciso que minha mãe me repreendesse para que eu fosse mais zeloso. Fugia aos brinquedos, evitava os grandes grupos, punha-me só com um ou dois, à parte, no recreio do colégio; lá vinha um dia, porém, que brincava doidamente, apaixonadamente.

> *Sibila* é o mesmo que profetisa.

Causava com isso espanto aos camaradas: "Oh! O Isaías brincando! Vai chover..."

A minha energia no estudo não diminuiu com os anos, como era de esperar; cresceu sempre progressivamente. A professora admirou-se e começou a simpatizar comigo. De si para si (suspeito eu hoje), ela imaginou que lhe passava pelas mãos um gênio. Correspondi-lhe à afeição com tanta força d'alma, que tive ciúmes dela, dos seus olhos azuis e dos seus cabelos castanhos, quando se casou. Tinha eu então dois anos de escola e 12 de idade. Daí a um ano, saí do colégio, dando-me ela, como recordação, um exemplar do *Poder da vontade*, luxuosamente encadernado, com uma dedicatória afetuosa e lisonjeira. Foi o meu livro de cabeceira. Li-o sempre com mão diurna e noturna, durante o meu curso secundário, de cujos professores poucas recordações importantes conservo hoje. Eram banais! Nenhum deles tinha os olhos azuis de dona Éster, tão meigos e transcendentes que pareciam ler o meu destino, beijando as páginas em que estava escrito!...

Quando acabei o curso do liceu, tinha uma boa reputação de estudante, quatro aprovações plenas, uma distinção e muitas sabatinas ótimas. Demorei-me na minha cidade natal ainda dois anos, dois anos que passei fora de mim, excitado pelas notas ótimas e pelos prognósticos da minha professora, a quem sempre visitava e ouvia. Todas as manhãs, ao acordar-me, ainda com o espírito acariciado pelos nevoentos sonhos de bom agouro, a sibila me dizia ao ouvido: "Vai, Isaías! Vai!... Isto aqui não te basta... Vai para o Rio!..."

Então, durante horas, através das minhas ocupações quotidianas, punha-me a medir as dificuldades, a considerar que o Rio era uma cidade grande, cheia de riqueza, abarrotada de egoísmo, onde eu não tinha conhecimentos, relações, protetores que me pudessem valer...

Que faria lá, só, a contar com as minhas próprias forças? Nada... Havia de ser como uma palha no rodamoinho da vida

— levado daqui, tocado para ali, afinal engolido no sorvedouro... ladrão... bêbedo... tísico e quem sabe mais? Hesitava. De manhã, a minha resolução era quase inabalável, mas, já à tarde, eu me acobardava diante dos perigos que antevia.

Um dia, porém, li no *Diário de* *** que o Felício, meu antigo condiscípulo, se formara em farmácia, tendo recebido por isso uma estrondosa, dizia o *Diário*, manifestação dos seus colegas.

Ora o Felício! Pensei de mim para mim. O Felício! Tão burro! Tinha vitórias no Rio! Por que não as havia eu de ter também — eu que lhe ensinara, na aula de português, de uma vez para sempre, diferença entre o adjunto atributivo e o adverbial? Por quê!?

Li essa notícia na sexta-feira. Durante o sábado tudo enfileirei no meu espírito, as vantagens e as desvantagens de uma partida. Hoje, já não me recordo bem das fases dessa batalha; porém uma circunstância me ocorre das que me demoveram a partir. Na tarde de sábado, saí pela estrada fora. Fazia mau tempo. Uma chuva intermitente caía desde dois dias. Saí sem destino, a esmo, melancolicamente aproveitando a estiada.

Passava por um largo descampado e olhei o céu. Pardas nuvens cinzentas galopavam, e, ao longe, uma pequena mancha mais escura parecia correr engastada nelas. A mancha aproximava-se e, pouco a pouco, vi-a subdividir-se, multiplicar-se; por fim, um bando de patos negros passou por sobre a minha cabeça, bifurcado em dous ramos, divergentes de um pato que voava na frente, a formar um V. Era a inicial de "Vai". Tomei isso como sinal animador, como bom augúrio do meu propósito audacioso. No domingo, de manhã, disse de um só jato à minha mãe:

— Amanhã, mamãe, vou para o Rio.

Minha mãe nada respondeu, limitou-se a olhar-me enigmaticamente, sem aprovação nem reprovação; mas, minha tia, que costurava em uma ponta da mesa, ergueu um tanto a cabeça, descansou a costura no colo e falou persuasiva:

— Veja lá o que vai fazer, rapaz! Acho que você deve aconselhar-se com o Valentim!

— Ora quê! Fiz eu com enfado. Para que Valentim? Não sou eu rapaz ilustrado? Não tenho todo o curso de preparatórios? Para que conselhos?

— Mas olhe, Isaías! Você é muito criança... Não tem prática... O Valentim conhece mais a vida do que você. Tanto mais que já esteve no Rio...

Minha tia, irmã mais velha de minha mãe, não tinha acabado de dizer a última palavra, quando o Valentim entrou envolvido num comprido capote de baeta.

Descansou alguns pacotes de jornais manchados de selos e carimbos; tirou o boné com o emblema do Correio e pediu café.

— Você veio a propósito, Valentim. Isaías quer ir para o Rio e eu acabo de recomendar que se aconselhasse com você.

— Quando você pretende ir, Isaías? Indagou meu tio, sem surpresa e imediatamente.

— Amanhã, disse eu cheio de resolução.

Ele nada mais disse. Calamo-nos e minha tia saiu da sala, levando o capote molhado e logo depois voltou, trazendo o café.

— Quer parati, Valentim?

— Quero.

Revolvendo lentamente o açúcar no fundo da xícara, meu tio continuou ainda calado por muito tempo. Tomou um gole de café, depois um outro de aguardente, esteve com o cálice suspenso alguns instantes, descansou-o na mesa automaticamente e, aos poucos, a sua fisionomia de largos traços de ousadia foi revelando um grande trabalho de concentração interior. Minha mãe nada dissera até aí.

Num dado momento, pretextando qualquer coisa, levantou-se e foi aos fundos da casa. Ao sair fez a minha tia uma insignificante pergunta sobre o arranjo doméstico, sem aludir à minha resolução e sem despertar meu tio da cisma profunda em que se engolfara.

Ansioso, deixei-me ficar à espera de uma resposta dele, notando-lhe as menores contrações do rosto e decifrando os mais tênues lampejos de seu olhar. Houve um segundo que ele me pareceu ter suspendido todo o movimento exterior de sua pessoa. A respiração como que parara, tinha o cenho carregado, as rugas da testa larga e quadrada fixadas, como se tivessem sido vazadas em bronze, e os olhos imóveis, orientados para uma fresta da mesa, brilhantes, extraordinariamente brilhantes e salientes, como que a saltar das órbitas, para farejar o rastro provável da minha vida na intrincada floresta dos acontecimentos. Gostava dele. Era um homem leal, valoroso, de pouca instrução, mas de coração aberto e generoso. Contavam-lhe façanhas, bravatas portentosas, levadas ao cabo, pelos tempos em que fora, nas eleições, esteio do partido liberal. Pelas portas das vendas, quando passava, cavalgando o seu simpático cavalo magro, com um saco de cartas à garupa, murmuravam: "Que **songamonga**! Já liquidou dois..."

> *Songamonga* ou dissimulado, sonso.

Eu sabia do caso, estava mesmo convencido de sua exatidão; entretanto, apesar das minhas idiotas exigências de moral inflexível, não me envergonhava de estimá-lo, amava-o até, sem mescla de terror, já pela decisão do seu caráter, já pelo apoio certo que nos dera, a mim e a minha mãe, quando veio a morrer meu pai, vigário da freguesia de ***. Animara a continuar os meus estudos, fizera sacrifícios para me dar vestuário e livros, desenvolvendo assim uma atividade acima dos seus recursos e forças.

Durante os dois anos que passei, depois de ter concluído humanidades, o seu caráter atrevido conseguia de quando em quando arranjar-me um ou outro trabalho. Desse modo, eu ia vivendo uma doce e medíocre vida roceira, sempre perturbada, porém, pelo estonteante propósito de me largar para o Rio. Vai Isaías! Vai!

Meu tio ergueu a cabeça, pousou o olhar demoradamente sobre mim e disse:

— Fazes bem!

Acabou de tomar o café, pediu o capote e convidou-me:

— Vem comigo. Vamos ao coronel... Quero lhe pedir que te recomende ao doutor Castro, deputado.

Minha tia trouxe o capote, e quando íamos saindo apareceu também minha mãe, recomendando:

— Agasalha-te bem, Isaías! Levas o chapéu-de-chuva?

— Sim senhora — respondi.

Durante quarenta minutos, patinhamos na lama do caminho, até à casa do coronel Belmiro. Mal tínhamos empurrado a porteira que dava para a estrada, o vulto do fazendeiro assomou no portal da casa, redondo, num longo capote e coberto de um largo chapéu de feltro preto. Aproximamo-nos...

— Oh! Valentim! — Fez preguiçosamente o coronel. — Você traz cartas? Devem ser do Trajano, conhece? Sócio do Martins, da rua dos Pescadores.

— Não senhor — interrompeu meu tio.

— Ah! É seu sobrinho... Nem o conheci... Como vai, menino?

Não esperou a minha resposta; continuou logo em seguida:

— Então, quando vai para o Rio? Não fique aqui... Vá... Olhe, o senhor conhece o Azevedo?

— É disso mesmo que vínhamos tratar. Isaías quer ir para o Rio e eu vinha pedir a Vossa Senhoria...

— O quê? — interrompeu assustado o coronel.

— Eu queria que Vossa Senhoria, senhor coronel — gaguejou o tio Valentim —, recomendasse o rapaz ao doutor Castro.

O coronel esteve a pensar. Mirou-me de alto a baixo, finalmente falou:

— Você tem direito, seu Valentim... É... Você trabalhou pelo Castro... Aqui para nós: se ele está eleito, deve-o a mim e aos defuntos, e você que desenterrou alguns.

Riu-se muito, cheio de satisfação por ter repetido tão velha pilhéria e perguntou amavelmente em seguida:

— O que é que você quer que lhe peça?

— Vossa Senhoria podia dizer na carta que o Isaías ia ao Rio estudar, tendo já todos os preparatórios, e precisava, por ser pobre, que o doutor lhe arranjasse um emprego.

> Carta é o diploma ou documento oficial que atribui um título a um indivíduo.

O coronel não se deteve, fez-nos sentar, mandou vir café e foi a um compartimento junto escrever a missiva.

Não se demorou muito; as suas noções gramaticais não eram suficientemente fortes para retardar a redação de uma carta. Demoramo-nos ainda um pouco e, quando nos despedíamos, o coronel abraçou-me, dizendo:

— Faz bem, menino. Vá, trabalhe, estude, que isto aqui é uma terra à-toa, com licença da palavra, de m... O Castro deve fazer alguma cousa por você. Ele foi assim também... O pai, você o conheceu, seu Valentim?

— Sim, coronel — disse meu tio.

— ...era muito pobre, muito mesmo... O Hermenegildo, o Castro, quis estudar. Nós... nós não, eu, principalmente, que era presidente, arranjei-lhe uma subvenção da Câmara... e foi assim. Hoje, acrescentou o coronel imediatamente, não é preciso, o Rio é muito grande, há muitos recursos... Vá menino!

Não chovia mais. As nuvens tinham corrido de um lado do horizonte, deixando ver uma nesga de céu azul.

Um pouco de sol banhava aquelas colinas tristes e fatigadas, por entre as quais caminhávamos.

As cigarras puseram-se a estridular e vim vindo de cabeça baixa, sem apreensões, cheio de esperanças, exuberante de alegrias.

A minha situação no Rio estava garantida. Obteria um emprego. Um dia pelos outros iria às aulas, e todo o fim de ano, durante seis, faria os exames, ao fim dos quais seria doutor!

Ah! Seria doutor! Resgataria o pecado original do meu nascimento humilde, amaciaria o suplício premente, cruciante e onímodo de minha cor... Nas dobras do pergaminho da carta, traria presa a consideração de toda a gente. Seguro do respeito à minha majestade de homem, andaria com ela mais firme pela vida em fora. Não titubearia, não hesitaria, livremente poderia falar, dizer bem alto os pensamentos que se estorciam no meu cérebro.

O **flanco**, que a minha pessoa, na batalha da vida, oferecia logo aos ataques dos bons e dos maus, ficaria mascarado, disfarçado...

Flanco é o ponto ou lado acessível.

Ah! Doutor! Doutor!... Era mágico o título, tinha poderes e alcances múltiplos, vários, polifórmicos... Era um ***pallium***, era alguma cousa como **clâmide** sagrada, tecida com um fio tênue e quase imponderável, mas a cujo encontro os elementos, os maus olhares, os exorcismos que quebravam. De posse dela, as gotas da chuva afastar-se-iam **transidas** do meu corpo, não se animariam a tocar-me nas roupas, no calçado sequer. O invisível distribuidor dos raios solares escolheria os mais meigos para me aquecer, e gastaria os fortes, os inexoráveis com o comum dos homens que não é doutor. Oh! Ser formado, de anel no dedo, sobrecasaca e cartola, inflado e grosso, como um sapo-entanha antes

Pallium, em latim, quer dizer manto usado pelos gregos.

Clâmide era um manto usado pelos antigos gregos.

Transidas ou envergonhadas, assustadas.

Lima Barreto ɢ 127

de ferir a martelada à beira do brejo; andar assim pelas ruas, pelas praças, pelas estradas, pelas salas, recebendo cumprimentos: doutor, como passou? Como está, doutor? Era sobre-humano!...

Estávamos quase a chegar...

Pelo caminho, viemos, os dois, calados. Eu todo entregue às minhas reflexões, que meu tio, uma vez ou outra, vinha perturbar com uma pergunta qualquer. Era sem vontade de continuar a conversa que eu respondia; depois da terceira tentativa para entabulá-la, não insistiu mais. O sol fugia aos poucos, as cigarras deixaram de cantar e quando chegamos à casa, a chuva caiu novamente.

Almocei, saí até à cidade próxima para fazer as minhas despedidas, jantei e, sempre, aquela visão doutoral que me não deixava. Uma face dela me aparecia, depois outra mais brilhante; esta provocava uma consideração, aquela mais uma propriedade da carta onipotente. De noite, no teto da minha sala baixa, pelos portais, pelas paredes, eu via escrito pela luz do lampião de petróleo — Doutor! Doutor!

Quantas prerrogativas, quantos direitos especiais, quantos privilégios esse título dava! Podia ter dois e mais empregos apesar da Constituição; teria direito à prisão especial e não precisava saber nada. Bastava o diploma. Pus-me a considerar que isso devia ser antigo... Newton, César, Platão e Miguel Ângelo deviam ter sido doutores!

Foram os primeiros legisladores que deram à carta esse prestígio extraterrestre... Naturalmente, teriam escrito nos seus códigos: tudo o que há no mundo é propriedade do doutor e, se alguma cousa outros homens gozam, devem-no à generosidade do doutor. Era uma outra casta, para a qual eu entraria, e desde que penetrasse nela, seria de osso, sangue e carne diferente dos outros — tudo isso de uma qualidade transcendente, fora das leis gerais do universo e acima das fatalidades da vida comum.

— Levas toda a roupa, Isaías? — Veio interromper minha mãe.

Eu estava deitado num velho sofá amplo. Lá fora, a chuva caía com redobrado rigor e ventava fortemente. A nossa casa frágil parecia que, de um momento para outro, ia ser arrasada. Minha mãe ia e vinha de um quarto próximo; removia baús, arcas; cosia, futicava. Eu devaneava e ia-lhe vendo o perfil esquálido, o corpo magro, premido de trabalhos, as faces cavadas com os malares salientes, tendo pela pele parda manchas escuras, como se fossem de fumaça entranhada. De quando em quando, ela lançava-me os seus olhos aveludados, redondos, passivamente bons, onde havia raias de temor ao encarar-me. Supus que adivinhava os perigos que eu tinha de passar; sofrimentos e dores que a educação e inteligência, qualidades a mais na minha frágil consistência social, haviam de atrair fatalmente. Não sei que de raro, excepcional e delicado, e ao mesmo tempo perigoso ela via em mim, para me deitar aqueles olhares de amor e espanto, de piedade e orgulho. Aos seus olhos — muitas vezes se me veio a afigurar — eu era como uma rapariga, do meu nascimento e condição, extraordinariamente bonita, vivaz e perturbadora... Seria demais tudo isso; cercá-la-ia logo o ambiente de sedução e corrupção, e havia de acabar por aí, por essas ruas...

Por vezes, também acreditei que ela nada quisesse exprimir com eles; que tinha por mim a indiferença da máquina pelo seu produto. Que importa aos **teares de Valenciennes** o destino de suas rendas?!

> Teares são aparelhos ou máquinas que produzem tecidos. A cidade francesa de *Valenciennes* é famosa pelas suas rendas.

Eu, a cria então resignada a ficar ali, nas proximidades de uma cidade de terceira ordem, tendo, de onde em onde, notícias minhas naquela grande cidade que a sua imaginação a custo havia de representar. E quem sabe se as notícias seriam de ordem a provocar-lhe dúvidas sobre a maternidade?! Coitada! Pobre de minha mãe!

— Olhe, mamãe — disse eu —, logo que me arrume mando-a buscar. A senhora está ouvindo?

— Sim — respondeu ela com fingida indiferença.

— Alugaremos uma casa. Todos os dias, quando eu for trabalhar, tomarei a sua bênção; quando tiver de estudar até alta noite, a senhora há de dar-me café, para espantar o sono... sim, mamãe?

E me pus a abraçá-la efusivamente.

— É bom! Estuda, Isaías — fez ela, desvencilhando-se de mim brandamente. — Não te importes comigo... Estuda, meu filho! Eu já estou velha demais...

— Mamãe, não acredita em mim.

— Acredito, meu filho; mas... mas não quero sair daqui.

No dia seguinte, quando me despedi, ela deu-me um forte abraço, afastou-se um pouco e olhou-me longamente, com aquele olhar que me lançava sempre, fosse em que circunstância fosse, onde havia mesclados terror, pena, admiração e amor.

— Vai, meu filho — disse-me ela afinal. — Adeus!... E não te mostres muito, porque nós...

E não acabou. O choro a tomou convulsa e eu me afastei chorando.

. . . .

O capítulo VIII apresenta um retrato da redação do jornal *O Globo*, onde o protagonista trabalha, inicialmente, como contínuo. É um relato extremamente crítico dos jornalistas e da própria imprensa da época. Nele vemos o estilo objetivo de Lima Barreto, ao mesmo tempo em que está presente a sua erudição. São inúmeros os termos e personagens franceses.

. . . .

VIII

(...) Os repórteres e redatores têm por este último um desprezo mal sopitado e não o consideram jornalista. Admitem-no como uma filigrana em vaso destinado a misteres úteis ou um remate caprichoso em um móvel indispensável.

Eles mesmos assim se consideram e admitem tacitamente a opinião dos jornalistas, pois formam sociedades à parte e preferem ao convívio dos colegas das folhas, o comércio de proprietários de animais de corridas, de tratadores, de treinadores, de jóqueis, de sujeitos de **book-maker**, enfim desses homens de coudelarias e adjacências que, com um pouco mais de ferocidade e sangue, lembram, pela sua insignificância e inutilidade e, ao mesmo tempo, pela importância a que se arrogam e a estima em que são tidos, os retiários, os *mirmillons*, os bestiários e outras espécies de gladiadores antigos e o seu cortejo necessário.

> *Book-maker*: em inglês, é o indivíduo que recebe e registra apostas nas corridas de cavalos.

Não há nada mais enfadonho que uma crônica de corridas. Quem lê uma, lê todas. Excetuando os dados de momento, são escritas com os mesmos verbos, os mesmos adjetivos, os mesmos advérbios.

Até o tom homérico em que são escritas, concorre para essa monotonia.

No seu sopro épico, há sempre o apelo para os "apostos" que se repetem, desde que se fala em tal ou qual animal.

Têm-nos, os cronistas, sempre prontos na memória e não se esquecem de colocá-los logo que venham a referir-se a dado e certo cavalo.

Se tratam de "Rayon d'Or", por exemplo, imediatamente o analista dos prados deixa pingar da pena e encaixa, entre vírgulas, bem ao lado do nome do cavalo: "o valente filho de 'Bayard' e 'Ninive'"; se vai dizer qualquer cousa da égua "Maracanã", não se esquece nunca de escrever como reforço

> *Stud*: conjunto dos cavalos de corrida de uma pessoa ou grupo, em inglês.

> *Homero*: poeta épico grego considerado autor da *Ilíada* e da *Odisséia*.
>
> *Agamenon*: chefe dos gregos que cercaram Tróia.
>
> *Príamo*: Último rei de Tróia.
>
> *Heitor*: o mais valoroso chefe troiano. Primogênito de Príamo.
>
> *Aquiles*: o mais célebre dos heróis de Homero.
>
> *Tróia*: cidade da Ásia menor que resistiu a um cerco dos gregos durante dez anos.

ao nome da alimária: "a vitoriosa pensionista do ***stud*** São Francisco".

A ênfase lhes é indispensável para vazar a emoção que trazem dos prados e cantar as pugnas cavalares.

Para eles, não são potros e éguas que se batem; são heróis de **Homero**. É **Agamenon**, é **Príamo**, é **Heitor**, é **Aquiles** que estão a pelejar diante dos muros de **Tróia** e com os deuses e deusas nas arquibancadas.

Menos considerado do que o cronista de cousas eqüinas, nos jornais, só o charadista.

Ele não tem uma classificação justa e certa; e todos os homens de imprensa têm escrúpulos em qualificá-lo de colaborador.

Em geral é um rapazola, empregado aqui ou ali, que não vence ordenado algum na folha, melancólico, curvado, afigurando-se-nos sempre que vive debruçado sobre dicionários e, não sabemos porque, com uma forte lente como se fosse um gravador de miniaturas.

Vem ao jornal, procura a correspondência, entrega com timidez a "seção" ao secretário e ninguém lhe nota a presença resignada e paciente de tenaz fabricante de quebra-cabeças.

O do meu jornal, embora fosse pouco assíduo à redação, como os seus semelhantes, pude conhecer mais de perto. Era ele um velho de cerca de sessenta anos, empregado do Ministério da Marinha, no Arsenal ou em uma fábrica de pólvora.

Usava costeletas sempre bem aparadas a tesoura, tinha uma cor terrosa, baça, *pince-nez*, não largava a piteira de coco com um cigarro modesto e pisava como se quisesse dar pequenos saltos. Tinha um ar de saracura.

Além de charadista, julgava-se poeta, pelo simples fato de compor uns monólogos desenxabidos e recitá-los nas salas.

Dei-me muito com ele e posso garantir que não conheci nunca pessoa tão cheia de cândido orgulho como esse maníaco de charadas.

Imaginava-se uma grande cousa, um intelectual, um escritor e era rara a vez que, conversando comigo, não se queixasse da sua situação no funcionalismo público, da pouca importância que davam aos seus talentos.

— Vejam vocês só: estou há quase quarenta anos no ministério e não fazem nada por mim. Tenho tido várias comissões importantes. Organizei o catálogo da biblioteca da Escola de Aprendizes e, ainda há dias, recitei um monólogo meu — "Os barbados" — na casa do contra-almirante Esteves. As moças gostaram muito e a filha do almirante até me disse: "Vou falar a papai, para aproveitar a inteligência do senhor."

Soube mais tarde que, de fato, não havia festa em casa de qualquer magnata da marinha, para que ele não fosse convidado. Orgulhava-se muito com isto e, ao dia seguinte, contava aos colegas as atenções que tinha recebido, como para provocar a inveja deles.

A verdade, porém, é que lá figurava como um músico de banda, um cantador de modinhas ou um pelotiqueiro que lá fosse para distrair as moças, sem ficar no mesmo pé de igualdade que os outros convidados. Mesmo assim, a sua vaidade de poeta doméstico ficava satisfeita.

A promessa da filha do Esteves deu-lhe muitas esperanças; e, após algum tempo, eu lhe perguntei:

— O senhor já arranjou alguma cousa?

— Qual! Não me fizeram nada. É isto: quando querem versos, pedem-me, rogam; quando querem recitativos, chegam quase a chorar; mas...

— Que é que o senhor queria?

— Eu queria ir para a secretaria.

— Por que não o nomeiam?

— Há a tal história de concurso... Uma bandalheira... Fazem, mas não sabem nada. Um dia destes, conversando com o Chaves, segundo oficial da secretaria, ele não sabia o que era crematística... É assim!

Era a sua obsessão, além das charadas, ser amanuense da secretaria de Estado do seu ministério.

Pobre velho! Queria, no fim da vida, ocupar um lugar de menino!

Antônio Galo, era este o seu nome, não deixava os dicionários e almanaques de lembranças, e dizia que, na repartição, pelo vício do maneio de vocabulários e dicionários, tinha substituído o habitual aos funcionários públicos de ler jornais.

Era assim composta aquela peça jornalística que tinha irrompido pela vida política e administrativa do Brasil com a violência e com o inesperado de um fenômeno vulcânico.

À frente, estava o doutor Ricardo Loberant, bacharel em direito, de inteligência duvidosa e saber inconsciente, com o seu estado-maior, formado de Aires d'Ávila, um monstro geológico com prematuros instintos de raposa; e o Laporace, um secretário mecânico, automático, ser sem alma, sem defeitos nem qualidades, que recebia os seus movimentos do exterior e os comunicava às outras peças da máquina; à parte, um tanto afastado, como aqueles traficantes que acompanham os exércitos, havia o Alberto Pranzini, o gerente, um italiano de olhar torvo a abranger um grande arco de círculo no horizonte, calculador de níqueis, que joeirava a despesa e trazia para as gavetas do jornal os tostões da população e um pouco dos lucros do comércio português no Rio de Janeiro, isto é, de todo o comércio da cidade, pois todo ele é português, tem o seu espírito, a sua alma, e as suas regras.

Floc, porém, sobre todos tinha o grande prestígio de ter estado em Paris e ter sido segundo secretário da nossa legação em Quito. Por isso, ele mesmo se julgava mais depuradamente artista que o resto dos rapazes que faziam literatura pelo Brasil em fora; e o seu estágio diplomático em Quito dava-lhe também um infalível julgamento nas cousas de alta elegância e um saber inarrável nas maneiras de tratar duquesas e princesas. Fazia a crônica literária, as crônicas teatrais dos espetáculos de todas as celebridades, as informações sobre literatura e pintura, além do plantão semanal em que ajeitava frases lindamente literárias, dados da psicologia *chic*, as notícias de assassinatos perpetrados por soldados ébrios na rua São Jorge, não esquecendo nunca de dizer que o "criminoso" é o tipo acabado do criminoso nato, descrito pelo genial criminalista italiano Lombroso. Ia a um banquete diplomático. A sua entrada não perturbou a conversa.

— ...um moleque! — zurrou o Oliveira.

— De quem falas, Oliveira? — indagou o recém-chegado.

— Um mulato aí, um tal Andrade...

— Incomoda-te o que ele escreve?

— Com certeza, pois, se chama o doutor Ricardo de pirata, de Barba-Roxa...

— Ora! Tu! Essa gente está condenada a desaparecer; a ciência já lhes lavrou a sentença...

Ele de ciência sabia o nome e ignorava a conta de dividir. Calou-se um instante e acrescentou:

— É preciso fulminar os nulos!

Lobo tinha-se mantido calado. Durante toda a conversa, dissera uma ou outra frase ligeira. Revia absorvido um artigo e não queria distrair-se de modo a perder a menor regra gramatical com que pudesse emendar o original.

Tendo o Floc e o Oliveira cessado de falar, alguém perguntou-lhe:

— Doutor Lobo, como é certo: um copo d'água ou um copo com água?

O gramático descansou a pena, tirou o *pince-nez* de aros de ouro, cruzou os braços em cima da mesa e disse com pachorra e solenidade:

— Conforme: se se tratar de um copo cheio, é um copo d'água; se não estiver perfeitamente cheio, um copo com água.

— Explanou exemplos, mas não pôde levá-los à dezena, pois alguém apontou na porta, o que mereceu uma exclamação do Aires d'Ávila: o Veiga!

Todos se viraram e imediatamente apanharam no ar uma fisionomia sorridente repassada de admiração. Voltei-me também. Descobri logo quem era. Os retratos, espalhados pelos quatro cantos do Brasil, tinham tornado familiar aquela fisionomia; mas, de perto, ali a dois passos de mim, o seu olhar fixo, atrás de fortes lentes, a testa baixa e fugidia, quase me fizeram duvidar que fosse aquele o Veiga Filho, o grande romancista de luxuoso vocabulário, o fecundo **conteur**, o enfático escritor a quem eu me tinha habituado a admirar desde os 14 anos...

> *Conteur* é contista, em francês.

Era aquele o homem extraordinário que a gente tinha que ler com um dicionário na mão? Era aquele a forte cerebração literária que escrevia dous e três volumes por ano e cuja glória repousava sobre uma biblioteca inteira? Fiquei pasmado. Com aquele frontal estreito, com aquele olhar de desvairado, com aquela fisionomia fechada, balda de simpatia, apareceu-me sem mobilidade, sem ductibilidade, rígido, sinistro e limitado. Acresce que o branco da sua tez soava falso, e do seu espírito julguei logo, vendo o esforço que punha a escova na testa para ganhar diariamente terreno ao cabelo! Foi uma má impressão que se desfez mais tarde.

— Veiga — disse Floc depois dos cumprimentos —, gostei muito da tua conferência. Foi uma epopéia, uma ode triunfal ao grande corso!

— Houve pedacinhos lindos — intrometeu-se o Oliveira.

— Quando por exemplo, o doutor falou naquele inglês lá da ilha que tinha feito sofrer "o último grande homem da nossa espécie", foi como se eu tivesse visto o próprio **Napoleão** — grande, alto, com aquele cavanhaque.

> *Napoleão I* (1769-1821): imperador dos franceses de 1804 a 1815.

— Napoleão era baixo e não tinha barba — disse alguém.

— É um modo de dizer, quero falar na figura, na... era extraordinário mesmo! E a gente — continuou Oliveira — e a gente fica admirado que um homem desses tenha sido cercado, acuado em **Sedan**!

— Em **Waterloo**, é que você quer dizer...

— Em Waterloo! Não foi em Sedan? O **Zola**, na *Derrocada*... eu li!

— Ah! Isto é **Napoleão III** — acudiu Floc.

— É verdade! — fez o Oliveira. — Que confusão!

Veiga Filho passeava o olhar pela sala, distraído, sem dar grande atenção ao Oliveira. Digeriu o seu triunfo e só saiu dessa digestão difícil quando Floc lhe disse:

— E quanta gente! Muitas senhoras... moças... gente fina... estavam as Wallesteins, as Bostocks, as Clarks Walkovers... Podes-te gabar que tens o melhor auditório feminino da cidade... Nem o **Bilac**.

Por aí os seus olhos tiveram uma grande e forte expressão de triunfo. Disfarçou com um movimento de modéstia e perguntou:

— Já deste a notícia?

— Ainda não; não tenho tempo... vou ao banquete do ministro e...

— Quando a vais fazer?

— Hoje não posso, vou ao banquete; mas o Leporace podia dar... Leporace (gritou para o secretário), escreve a notícia da conferência do Veiga!

— Não tenho tempo, objetou o fanhoso secretário, aproximando-se do grupo.

Sedan: sede da região administrativa de Ardenas, maciço cuja maior parte situa-se na Bélgica.

Waterloo: comunidade da Bélgica. Em suas proximidades, Napoleão I foi vencido pelos ingleses prussianos em 1815.

Émile Zola (1840-1902): escritor francês.

Napoleão III (1808-1873): imperador dos franceses de 1852-1870.

Olavo Bilac (1865-1918): escritor e poeta brasileiro.

Durante minutos estiveram discutindo quem devia dar ou não a notícia, sem chegar a um acordo. Leporace, então, lembrou que o próprio Veiga Filho a fizesse:

— Estás doido! — objetou o romancista. — Não viste o que aconteceu da outra vez? Que diriam?

— Ora! Que tolice! Como se houvesse alguém que acreditasse no murmúrio desses literatecos... Umas bestas, uns vagabundos; escreve, anda!

A sua natureza de boa-fé e complacente fê-lo aceder.

Eu demorei-me ainda muito e pude ouvi-lo ler a notícia. Começou dizendo que era impossível resumir uma conferência de um artista como Veiga Filho. Para ele, as palavras eram a própria substância de sua arte. Dizer em alguns períodos o que ele dissera em hora e meia, era querer mostrar a beleza do fundo do mar com uma gota d'água trazida de lá (não citou o autor). Em seguida, a grande glória das letras pátrias mostrou como tinha começado: citou Nietzsche, de quem, hoje, entre nós, Veiga Filho é um dos mais profundos conhecedores e a cuja filosofia a sua inspiração obedece. Começou com o Zaratustra: o homem é uma ponte entre o animal e o super-homem. Daí partiu seguindo o grande corso na passagem desta ponte. Serviu-se dos mais modernos historiadores: **Masson**, **Albert Sorel**, *Lord* **Rosebery**. Descreveu a batalha de Austerlitz, contou a campanha da Rússia e a passagem do Berezina foi motivo para uma descrição das mais artísticas que até agora se fez na nossa língua. Pelo auditório, quando ele mostrou aqueles milhares de homens, caindo ao rio gelado, amontoando-se uns sobre os outros, debatendo-se, lutando sob uma chuva de metralha, correu um *frisson* de terror. Contestou teorias de **Tolstoi**, pôs finas notações aos ataques feitos a Napoleão e ao estudo do seu gênio por **Lombroso**. Patenteou uma

---

Frédéric Masson (1847-1923) e *Albert Sorel* (1842-1906): historiadores franceses.

Lord Rosebery (1847-1929): estadista inglês.

Leão Tolstoi (1828-1910): escritor russo.

Cesare Lombroso (1835-1909): médico e criminologista italiano.

grande erudição e conhecimentos não suspeitados; e, quando a sua palavra colorida descreveu os suplícios desse titã roído pelo enfado, houve na sala um soluço.

Foi um duplo triunfo — terminava assim a notícia — de Veiga Filho e de Napoleão, o último grande homem que a nossa espécie viu, cuja grandeza e cujos triunfos aquele grande artista soube pintar e descrever, jogando com as palavras como um malabarista hábil faz com as suas bolas multicores. Raro e fugace gozo foi essa conferência do eminente cultor das letras pátrias.

Veiga Filho acabou de ler a notícia no meio da sala, cercada de redatores e repórteres. Enquanto ele lia cheio de paixão, esquecido de que fora ele mesmo o autor de tão lindos elogios, fiquei também esquecido e convencido do seu malabarismo vocabular, do sopro heróico de sua palavra, da sua erudição e do seu saber...

Cessando, lembrei-me que amanhã tudo aquilo ia ser lido pelo Brasil boquiaberto de admiração, como um elogio valioso, isto é, nascido de entusiasmo sem dependência com a pessoa, como coisa feita por um admirador mal conhecido! A Glória! Glória! E, de repente, repontaram-me dúvidas: e todos os que passaram não teriam sido assim? E os estrangeiros não seriam assim também?...

Mas a indiferença da nossa gente pelas cousas de espírito talvez justifique tais manejos, penso agora.

Naquela hora, presenciando tudo aquilo, eu senti que tinha travado conhecimento com um engenhoso aparelho de aparições e eclipses, espécie complicada de tablado de mágica e espelho de prestidigitador, provocando ilusões, fantasmagorias, ressurgimentos, glorificações e apoteoses com pedacinhos de chumbo, uma máquina Marinoni e a estupidez das multidões.

Era a Imprensa, a Onipotente Imprensa, o quarto poder fora da Constituição!

Triste fim de Policarpo Quaresma

• • • • • • • • • • • • • • • • • • •

Este romance é o mais conhecido de Lima Barreto e para muitos sua obra-prima. Neste texto o escritor consegue falar do Brasil, de seu povo e de seus problemas de forma original e irônica. O protagonista, Policarpo Quaresma, é uma espécie de Dom Quixote, visionário, que luta de maneira utópica por um Brasil mais brasileiro. O livro conta a história de um major solteiro bastante metódico que trabalha como subsecretário no Arsenal de Guerra e que, nas horas de folga, estuda o Brasil, suas riquezas, sua história, sua geografia e sua política. Policarpo vai se tornando um nacionalista ferrenho, obcecado pelos seus ideais, transformando-se em um louco. Este capítulo conta o desenrolar de um requerimento desastrado do major, que sugere ao Congresso Nacional que o tupi se torne a língua oficial do Brasil. As conseqüências desta atitude, narradas de forma divertida por Lima Barreto, você lerá em seguida.

• • • • • • • • • • • • • • • • • • •

IV

DESASTROSAS CONSEQÜÊNCIAS DE UM REQUERIMENTO

Os acontecimentos a que aludiam os graves personagens reunidos em torno da mesa de solo, na tarde memorável da festa comemorativa do pedido de casamento de Ismênia, se tinham desenrolado com rapidez fulminante. A força de idéias e sentimentos contidos em Quaresma se havia revelado em atos imprevistos com uma seqüência brusca e uma velocidade de turbilhão. O primeiro fato surpreendeu, mas vieram outros e outros, de uma pequena mania, se apresentou logo em insânia declarada. Justamente algumas semanas antes do pedido de casamento, ao abrir-se a sessão da Câmara, o secretário teve que proceder à leitura de um requerimento singular e que veio a ter uma fortuna de publicidade e comentário pouco usual em documentos de tal natureza.

O burburinho e a desordem que caracterizam o recolhimento indispensável ao elevado trabalho de legislar não permitiram que os deputados o ouvissem; os jornalistas, porém, que estavam próximo à mesa, ao ouvi-lo, prorromperam em gargalhadas, certamente inconvenientes à majestade do lugar. O riso é contagioso. O secretário, no meio da leitura, ria-se discretamente; pelo fim, já ria-se o presidente, ria-se o oficial da ata, ria-se o contínuo — toda a mesa e aquela população que a cerca riram-se da petição, largamente, querendo sempre conter o riso, havendo em alguns tão franca alegria que as lágrimas vieram. Quem soubesse o que uma tal folha de papel representava de esforço, de trabalho de sonho generoso e desinteressado, havia de sentir uma penosa tristeza, ouvindo aquele rir inofensivo diante dela. Merecia raiva, ódio, um deboche de inimigo talvez, o documento que chegava à mesa da Câmara, mas não aquele recebimento **hilárico**, de uma hilaridade inocente, sem fundo algum, assim como se se estivesse a rir de uma palhaçada, de uma sorte de circo de cavalinhos ou de uma careta de **clown**.

> Hilárico é engraçado.
>
> Clown é palhaço, em inglês.

Os que riam, porém, não lhe sabiam a causa e só viam nele um motivo para riso franco e sem maldade. A sessão daquele dia fora fria; e, por ser assim, as seções de jornais referentes à Câmara, no dia seguinte, publicaram o seguinte requerimento e glosaram-no em todos os tons.

Era assim concebida a petição:

Policarpo Quaresma, cidadão brasileiro, funcionário público, certo de que a língua portuguesa é emprestada ao Brasil, certo também de que, por esse fato o falar e o escrever em geral, sobretudo no campo das letras, se vêem na humilhante contingência de sofrer continuamente censuras ásperas dos proprietários da língua, sabendo, além, que, dentro de nosso país, os autores e os escritores, com especialidade os gramáticos, não se entendem no tocante à correção gramatical, vendo-se, diariamente, surgir azedas polêmicas entre os mais profundos estudiosos do nosso idioma — usando o direito que lhe confere a Constituição, vem pedir que o Congresso Nacional decrete o tupi-guarani como língua oficial e nacional do povo brasileiro.

O suplicante, deixando de parte os argumentos históricos que militam em favor de sua idéia, pede vênia para lembrar que a língua é a mais alta manifestação da inteligência de um povo, é a sua criação mais viva e original; e, portanto, a emancipação política do país requer como complemento e conseqüência a sua emancipação idiomática.

Demais, senhores congressistas, o tupi-guarani, língua originalíssima, aglutinante, é verdade, mas a que o polissintetismo dá múltiplas feições de riqueza, é a única capaz de traduzir as nossas belezas, de pôr-nos em relação com a nossa natureza e adaptar-se perfeitamente aos nossos órgãos vocais e cerebrais, por ser criação de povos que aqui viveram e ainda vivem, portanto possuidores de organização fisiológica e psicológica para que tendemos, evitando-se dessa forma as estéreis controvérsias gramaticais, **oriundas** de uma difícil adaptação de uma língua de outra região à nossa organização cerebral e ao nosso aparelho vocal — controvérsias que tanto empecem o progresso de nossa cultura literária, científica e filosófica.

> *Oriundas* ou originárias, procedentes.

Seguro de que a sabedoria dos legisladores saberá encontrar meios para realizar semelhante medida e cônscio de que a Câmara e o Senado pesarão o seu alcance e utilidade

P. e E. deferimento.

Assinado e devidamente estampilhado, este requerimento do major foi durante dias assunto de todas as palestras. Publicado em todos os jornais com comentários **facetos**, não havia quem não fizesse uma pilhéria sobre ele, quem não ensaiasse um espírito à custa da lembrança do Quaresma. Não ficaram nisso; a curiosidade malsã quis mais. Indagou-se quem era, de que vivia, se era casado, se era solteiro. Uma ilustração semanal publicou-lhe a caricatura e o major foi apontado na rua.

Facetos: engraçados, brincalhões.

Os pequenos jornais alegres, esses semanários de espírito e troça, então! Eram de um encarniçamento atroz com o pobre major. Com uma abundância que marcava a felicidade dos redatores em terem encontrado um assunto fácil, o texto vinha cheio dele: o major Quaresma disse isso; o major Quaresma fez aquilo.

Um deles, além de outras referências, ocupou uma página inteira com o assunto da semana. Intitulava-se a ilustração: "O Matadouro de Santa Cruz, segundo o major Quaresma", e o desenho representava uma fila de homens e mulheres a marchar para o choupo que se via à esquerda. Um outro referia-se ao caso pintando um açougue, "O Açougue Quaresma"; legenda: a cozinheira perguntava ao açougueiro: — O senhor tem língua de vaca? O açougueiro respondia: — Não, só temos língua de moça, quer? Com mais ou menos espírito, os comentários não cessavam e a ausência de relações do Quaresma no meio de que saíam fazia com que fossem de uma circunstância pouco habitual. Levaram duas semanas com o nome do subsecretário. Tudo isto irritava profundamente Quaresma. Vivendo há trinta anos quase só, sem se chocar com o mundo, adquirira uma sensibilidade muito viva e capaz de sofrer profundamente com a menor coisa. Nunca sofrera críticas, nunca se atirou à publicidade, vivia imerso no seu sonho incubado e mantido vivo pelo calor dos seus livros. Fora deles, ele não conhecia ninguém; e, com as pessoas com quem falava, trocava pequenas banalidades, ditos de todo o dia, coisas com que a sua alma e o seu coração nada tinham que ver.

Nem mesmo a afilhada o tirava dessa reserva, embora a estimasse mais que a todos.

Esse encerramento em si mesmo deu-lhe não sei que ar de estranho a tudo, às competições, às ambições, pois nada dessas coisas que fazem os ódios e as lutas tinha entrado no seu temperamento. Desinteressado de dinheiro, de glória e posição, vivendo numa reserva de sonho, adquirira a candura e a pureza d'alma que vão habitar esses homens de idéia fixa, os grandes estudiosos, os sábios, e os inventores, gente que fica mais terna, mais ingênua, mais inocente que as donzelas de poesia de outras épocas. É raro encontrar homens assim, mas os há e, quando se os encontra, mesmo tocados por um grão de loucura, a gente sente mais simpatia pela nossa espécie, mais orgulho de ser homem e mais esperança na felicidade da raça.

A continuidade das troças feitas nos jornais, a maneira com que o olhavam na rua, exasperavam-no e mais forte se enraizava nele a sua idéia. À medida que engolia uma troça, uma pilhéria, vinha-lhe meditar sobre a sua lembrança, pesar-lhe todos os aspectos, examiná-la detidamente, compará-la a coisas semelhantes, recordar os autores e autoridades; e, à proporção que fazia isso, a sua própria convicção mostrava a inanidade da crítica, a ligeireza da pilhéria, e a idéia o tomava, o avassalava, o absorvia cada vez mais.

Se os jornais tinham recebido o requerimento com facécias de fundo inofensivo e sem ódio, a repartição ficou furiosa. Nos meios burocráticos, uma superioridade que nasce fora deles, que é feita e organizada com outros materiais que não os ofícios, a sabença de textos de regulamentos e a da boa caligrafia, é recebida com a hostilidade de uma pequena inveja.

É como se se visse no portador da superioridade um traidor à mediocridade, ao anonimato papeleiro. Não há só uma questão de promoção, de interesse pecuniário; há uma questão de amor-próprio, de sentimentos feridos, vendo aquele colega, aquele galé como eles, sujeito aos regulamentos, aos caprichos dos chefes, às olhadelas superiores dos ministros, com mais títulos à consideração.

Olha-se para ele com o ódio dissimulado com o que o assassino plebeu olha para o assassino marquês que matou a mulher e o amante. Ambos são assassinos, mas, mesmo na prisão, ainda o nobre e o burguês trazem o ar de seu mundo, um resto da sua delicadeza e uma inadaptação que ferem seu humilde colega de desgraça.

Assim, quando surge numa secretaria alguém cujo nome não lembra sempre o título de sua nomeação, aparecem as pequenas perfídias, as maledicências ditas ao ouvido, as indiretas, todo o arsenal do ciúme invejoso de uma mulher que se convenceu de que a vizinha se veste melhor do que ela.

Amam-se ou antes suportam-se melhor aqueles que se fazem célebres nas informações, na redação, na assiduidade ao trabalho, mesmo os doutores, os bacharéis, do que os que têm nomeada e fama. Em geral, a incompreensão da obra ou do mérito do colega é total e nenhum deles se pode capacitar que aquele tipo, aquele amanuense, como eles, faça qualquer coisa que interesse os estranhos e dê que falar a uma cidade inteira.

A brusca popularidade de Quaresma, o seu sucesso e nomeada efêmera irritaram os seus colegas e superiores. "Já se viu!", dizia o secretário. "Este tolo dirigir-se ao Congresso e propor alguma coisa! Pretensioso!" O diretor, ao passar pela secretaria, olhava-o de soslaio e sentia que o regulamento não cogitasse do caso para lhe infligir uma censura. O colega arquivista era menos terrível, mas chamou-o de doido.

O major sentia bem aquele ambiente falso, aquelas alusões e isso mais aumentava seu desespero e a teimosia na sua idéia, e a examinava com mais atenção. A extensa publicidade que o fato tomou atingiu o palacete de Real Grandeza, onde morava o seu compadre Coleoni. Rico com os seus lucros de empreitadas de construções de prédios, viúvo, o antigo quitandeiro retirava-se dos negócios e vivia sossegado na ampla casa que ele mesmo edificara e tinha todos os remates arquitetônicos do seu gosto predileto: compoteiras de cimalha, um imenso monograma sobre a porta de entrada, dois cães de louça, uns pilares no portão da entrada e outros detalhes equivalentes.

A casa ficava ao centro do terreno, elevava-se sobre um portão alto, tinha um razoável jardim na frente, que avançava pelos lados pontilhados de bolas multicores; varanda, um viveiro, onde pelo calor os pássaros morriam tristemente. Era uma instalação burguesa, no gosto nacional, vistosa, cara, pouco de acordo com o clima e sem conforto.

No interior o capricho dominava, tudo obedecia a uma fantasia barroca, a um destino desesperador. Os móveis se amontoavam, os tapetes, as sanefas, os *bibelots* e a fantasia da filha, irregular e indisciplinada, ainda trazia mais desordem àquela coleção de coisas caras.

> **Bibelots** são objetos de enfeite, em francês.

Viúvo, já havia alguns anos, era uma velha cunhada quem dirigia a casa e a filha, quem o encaminhava nas distrações e nas festas. Coleoni aceitava de bom coração esta doce tirania. Queria casar a filha, bem ao gosto dela, não punha, portanto, nenhum obstáculo ao programa de Olga. Em começo, pensou dá-la a seu ajudante ou contramestre, uma espécie de arquiteto que não desenhava, mas projetava casas e grandes edifícios. Primeiro sondou a filha. Não encontrou resistência, mas não encontrou também **assentimento**. Convenceu-se de que aquela vaporosidade da menina, aquele seu ar distante de heroína, a sua inteligência,

> **Assentimento** ou aceitação, adesão a uma idéia.

o seu fantástico não se dariam bem com as rudezas e simplicidade campônias de seu auxiliar.

— Ela quer um doutor — pensava ele — que arranje! Com certeza, não terá um **ceitil**, mas eu tenho e as coisas se acomodam.

> *Ceitil* é uma quantia ínfima, ninharia.

Ele se havia habituado a ver no doutor nacional o marquês ou o barão de sua terra natal. Cada terra tem a sua nobreza; lá é visconde; aqui é doutor, bacharel e dentista; e julgou muito aceitável comprar a satisfação de enobrecer a filha com umas meias dúzias de contos de réis.

Havia momentos que se aborrecia um tanto com os propósitos da menina. Gostando de dormir cedo, tinha que perder noites e noites no **Lírico**, nos bailes; amando estar sentado em chinelas a fumar cachimbo, era obrigado a andar horas e horas pelas ruas, saltitando de casa em casa de modas, atrás da filha, para no fim do dia ter comprado meio metro de fita, uns grampos e um frasco de perfume.

> *Lírico*: teatro carioca fundado em 1870 e que até a República chamou-se Imperial Theatro D. Pedro II. Era dos mais prestigiados da cidade. Foi demolido em 1932.

Era engraçado vê-lo nas lojas de fazendas cheio de complacência de pai que quer enobrecer o filho, a dar opinião sobre o tecido, achar que este é mais bonito, comparar um com o outro, com uma falta de sentimento daquelas coisas que se adivinhava até no pagá-las. Mas ele ia, demorava-se e esforçava-se por entrar no segredo, no mistério, cheio de tenacidade e candura, perfeitamente paternais.

Até aí ele ia bem e calcava a contrariedade. Só o contrariavam bastante as visitas, as colegas da filha, com suas mães, suas irmãs, com seus modos de falsa nobreza, os seus desdéns dissimulados, deixando perceber ao velho empreiteiro o quanto estava distante da sociedade das amigas e colegas de Olga.

Não se aborrecia, porém, muito profundamente; ele assim o quisera e a fizera, tinha que se conformar. Quase sempre, quando chegavam as tais visitas, Coleoni afastava-se e ia para o interior da casa. Entretanto, não lhe era sempre possível fazer isso; nas grandes festas e recepções tinha que estar presente e era quando mais sentia o pouco caso da velada nobreza da terra que o freqüentava. Ele ficara sempre empreiteiro, com poucas idéias além de seu ofício, não sabendo fingir, de modo que não se interessava por aquelas tagarelices de casamentos, de bailes, de festas e passeios caros.

Uma vez ou outra um mais delicado propunha-lhe jogar *poker*, e aceitava e sempre perdia. Chegou mesmo a formar uma roda em casa, de que fazia parte o conhecido advogado Pacheco. Perdeu e muito, mas não foi isso que o fez suspender o jogo. Que perdia? Uns contos — uma ninharia! A questão, porém, é que Pacheco jogava com seis cartas. A primeira vez que Coleoni deu com isso, pareceu-lhe simples distração do distinto jornalista e famoso advogado. Um homem honesto não ia fazer aquilo. E na segunda, seria também? E na terceira?

Não era possível tanta distração. Adquiriu a certeza da trampolinagem, calou-se, conteve-se com uma dignidade não esperada em um antigo quitandeiro, e esperou. Quando vieram a jogar outra vez e o passe foi posto em prática, Vicente acendeu o charuto e observou com a maior naturalidade deste mundo: — Os senhores sabem que há agora, na Europa, um novo sistema de jogar *poker*?

— Qual? — perguntou alguém.

— A diferença é pequena: joga-se com seis cartas, isto é, um dos parceiros, somente.

Pacheco deu-se por desentendido, continuou a jogar e a ganhar, despediu-se à meia-noite cheio de delicadeza, fez alguns comentários sobre a partida e não voltou mais.

Conforme o seu velho hábito, Coleoni lia de manhã os jornais, com o vagar e a lentidão de homem pouco habituado à leitura, quando se lhe deparou o requerimento do seu compadre do arsenal.

Ele não compreendeu bem o requerimento, mas os jornais faziam tanta troça, caíam tão a fundo sobre a coisa, que imaginou seu antigo benfeitor enleado numa meada criminosa, tendo praticado, por inadvertência, alguma falta grave.

Sempre o tivera na conta do homem mais honesto deste mundo e ainda tinha, mas daí quem sabe? Na última vez que o visitou ele não veio com aqueles modos estranhos? Podia ser uma pilhéria...

Apesar de ter enriquecido, Coleoni tinha em grande conta o seu obscuro compadre. Havia nele não só a gratidão de camponês que recebeu um grande benefício, como um duplo respeito pelo major oriundo da sua qualidade de funcionário e de sábio.

Europeu, de origem humilde e aldeã, guardava no fundo de si aquele sagrado respeito dos camponeses pelos homens que recebem a investidura do Estado; e, como, apesar dos bastos anos de Brasil, ainda não sabia juntar o saber aos títulos, tinha em grande consideração a erudição do compadre.

Não é pois de estranhar que ele visse com mágoa o nome de Quaresma envolvido em fatos que os jornais reprovavam. Leu de novo o requerimento, mas não entendeu o que ele queria dizer. Chamou a filha.

— Olga!

Ele pronunciava o nome da filha quase sem sotaque; mas, quando falava português, punha nas palavras uma rouquidão singular, e salpicava as frases de exclamações e pequenas expressões italianas.

— Olga, que quer dizer isto? **Non capisco**... — A moça sentou-se a uma cadeira próxima e leu no jornal o requerimento e os comentários.

> *Non capisco* é não entendo, em italiano.

— *Che*! Então?

— O padrinho quer substituir o português pela língua tupi.

— Como?

— Hoje, não falamos português? Pois bem: ele quer que daqui em diante falemos tupi.
— *Tutti?*
— Todos os brasileiros, todos.
— *Ma che* coisa! Não é possível?
— Pode ser. Os *tcheques* têm uma língua própria, foram obrigados a falar alemão, depois de conquistados pelos austríacos; os lorenos, franceses...
— *Per la madonna!* Alemão é uma língua, agora esse acujelê, *ecco!*
— Acujelê é da África, papai; tupi é daqui.
— *Per Bacco!* É o mesmo... Está doido!
— Mas não há loucura alguma, papai.
— Como? Então é coisa de um homem *bene?*
— De juízo, talvez não seja; mas de doido, também não.
— *Non capisco.*
— É uma idéia, meu pai, é um plano, talvez à primeira vista absurdo, fora dos moldes, mas não de todo doido. É ousado, talvez, mas...

Por mais que quisesse, ela não podia julgar o ato do padrinho sob o critério de seu pai. Neste falava o bom senso e nela o amor às grandes coisas, aos arrojos e cometimentos ousados. Lembrou-se de que Quaresma lhe falava em emancipação: e se houve no fundo de si um sentimento que não fosse de admiração pelo atrevimento do major, não foi decerto o de reprovação ou lástima; foi de piedade simpática por ver mal compreendido o ato daquele homem que ela conhecia há tantos anos, seguindo o seu sonho, isolado, obscuro e tenaz.

> *Per Bacco*: expressão italiana, por Baco. Baco (Dionísio para os gregos) é o deus romano do vinho.

— Isto vai causar-lhe transtornos — observou Coleoni.

E ele tinha razão. A sentença do arquivista foi vencedora dos corredores e a suspeita de que Quaresma estivesse doido foi tomando foros de certeza. Em princípio o subsecretário suportou bem a tempestade, mas tendo adivinhado que o supunham insciente no tupi, irritou-se, encheu-se de raiva surda, que se continha dificilmente. Como eram cegos! Ele, que há trinta anos estudava o Brasil minuciosamente; ele, que em virtude desses estudos fora obrigado a aprender o rebarbativo alemão, não saber tupi, a língua brasileira, a única que o era — que suspeita miserável?

Que o julgassem doido — vá! Mas que desconfiassem da sinceridade de suas afirmações, não! E ele pensava, procurava meios de se reabilitar, caía em distrações, mesmo escrevendo e fazendo a tarefa quotidiana. Vivia dividido em dois: uma parte nas obrigações de todo o dia, e a outra, na preocupação de provar que sabia o tupi.

O secretário veio a faltar um dia e o major lhe ficou fazendo às vezes. O expediente fora grande e ele mesmo redigira e copiara uma parte. Tinha começado a passar a limpo um ofício sobre coisas de Mato Grosso, onde se falava em Aquidauana e Ponta-Porã, quando o Carmo disse lá do fundo da sala, com acento escarninho:

— Homero, isto de saber é uma coisa, dizer é outra.

Quaresma nem levantou os olhos do papel. Fosse pelas palavras em tupi que se encontravam na minuta, fosse pela alusão do funcionário Carmo, o certo é que ele insensivelmente foi traduzindo a peça oficial para o idioma indígena.

Ao acabar, deu com a distração, mas logo vieram outros empregados com o trabalho que fizeram, para que ele examinasse. Novas preocupações afastaram a primeira, esqueceu-se e o ofício em tupi seguiu com os companheiros. O diretor não reparou, assinou e o tupinambá foi dar no ministério.

Não se imagina o rebuliço que tal coisa foi causar lá. Que língua era? Consultou-se o doutor Rocha, o homem mais hábil da secretaria, a respeito do assunto. O funcionário limpou o *pince-nez*, agarrou o papel, voltou-o de trás para adiante, pô-lo de pernas para o ar e concluiu que era grego, por causa do "yy".

O doutor Rocha tinha na secretaria a fama de sábio, porque era bacharel em direito e não dizia coisa alguma.

— Mas — indagou o chefe — oficialmente as autoridades se podem comunicar em línguas estrangeiras? Creio que há um aviso de 84... Veja, senhor doutor Rocha...

Consultaram-se todos os regulamentos e repertórios de legislação, andou-se de mesa em mesa pedindo auxílio à memória de cada um e nada se encontrara a respeito. Enfim o doutor Rocha, após três dias de meditação, foi ao chefe e disse com ênfase e segurança:

— O aviso de 84 trata de ortografia.

O diretor olhou o subalterno com admiração e mais ficou considerando as suas qualidades de empregado zeloso, inteligente e... assíduo. Foi informado de que a legislação era omissa no tocante à língua em que deviam ser escritos os documentos oficiais; entretanto não parecia regular usar uma que não fosse a do país. O ministro, tendo em vista esta informação e várias outras consultas, devolveu o ofício e censurou o arsenal.

Que manhã foi essa no arsenal! Os tímpanos soavam furiosamente, os contínuos andavam numa **dobadoura** terrível e a toda hora perguntavam pelo secretário que tardava em chegar.

Dobadoura ou roda-viva.

— Censurado! — monologava o diretor. Ia-se por água abaixo o seu generalato. Viver tantos anos a sonhar com aquelas estrelas e elas escapavam assim, talvez por causa da molecagem de um escriturário!

— Ainda se a situação mudasse... Mas qual!

O secretário chegou, foi ao gabinete do diretor. Inteirado do motivo, examinou o ofício e pela letra conheceu que fora Quaresma quem o escrevera. Mande-o cá, disse o coronel. O major encaminhou-se pensando nuns versos tupis que lera de manhã.

— Então o senhor leva a divertir-se comigo, não é?

— Como? — fez Quaresma espantado.

— Quem escreveu isso?

O major quis examinar o papel. Viu a letra, lembrou-se da distração e confessou com firmeza:

— Fui eu.

— Então confessa?

— Pois não. Mas Vossa Excelência não sabe...

— Não sabe! Que diz! — O diretor levantou-se da cadeira, com os lábios brancos e a mão levantada à altura da cabeça. Tinha sido ofendido três vezes: na sua honra individual, na honra de sua casta e na do estabelecimento de ensino que freqüentara, a Escola da Praia Vermelha, o primeiro estabelecimento científico do mundo. Além disso escrevera no *Pritaneu*, a revista da escola, um conto — "A saudade" — produção muito elogiada pelos colegas. Dessa forma, tendo em todos os exames plenamente e distinção, uma dupla coroa de sábio e artista cingia-lhe a fronte. Tantos títulos valiosos e raros de se encontrarem reunidos mesmo em **Descartes** ou Shakespeare transformavam aquele — não sabe — de um amanuense em ofensa profunda, em injúria.

René Descartes (1596-1650): filósofo e matemático francês fundador da filosofia moderna.

— Não sabe! Como é que o senhor ousa dizer-me isto! Tem o senhor porventura o curso de Benjamim Constant? Sabe o senhor matemática, astronomia, física, sociologia e moral? Como ousa então? Pois o senhor pensa em ter lido uns romances e saber um francesinho aí, pode ombrear-se com quem tirou grau nove em cálculo, dez em mecânica, oito em astronomia, dez em hidráulica, nove em descritiva? — Então?!

E o homem sacudia furiosamente a mão e olhava ferozmente Quaresma que já se julgava fuzilado.

— Mas, senhor coronel...

— Não tem mas, não tem nada! Considere-se suspenso, até segunda ordem.

Quaresma era doce, bom e modesto. Nunca fora seu propósito duvidar da sabedoria do seu diretor. Ele não tinha nenhuma pretensão a sábio e pronunciara a frase para começar a desculpa; mas, quando viu aquela enxurrada de saber, de títulos a sobrenadar em águas tão furiosas, perdeu o fio do pensamento, a fala, as idéias e nada mais soube, nem pôde dizer.

Saiu abatido, como um criminoso, do gabinete do coronel, que não deixava de olhá-lo furiosamente, indignadamente, ferozmente, como quem foi ferido em todas as fibras do seu ser. Saiu afinal. Chegando à sala do trabalho nada disse: pegou no chapéu, na bengala e atirou-se pela porta afora, cambaleando como um bêbado. Deu umas voltas e foi ao livreiro buscar uns livros. Quando ia tomar o bonde encontrou o Ricardo Coração dos Outros.

— Cedo, heim major?

— É verdade.

E calaram-se ficando um diante do outro num mutismo contrafeito. Ricardo avançou algumas palavras:

— O major, hoje parece que tem uma idéia, um pensamento muito forte.

— Tenho, filho, não de hoje, mas de há muito tempo.

— É bom pensar, sonhar consola.

— Consola, talvez; mas faz-nos também diferentes dos outros, cava abismos entre os homens...

E os dois separaram-se. O major tomou o bonde e Ricardo desceu descuidado a rua do Ouvidor, com o seu passo acanhado e as calças dobradas nas canelas, sobraçando o violão na sua armadura de camurça.

Memórias

O cemitério dos vivos

Este trecho das memórias de Lima Barreto, publicadas em 1921, apresenta um relato dramático da vivência do escritor em um hospício onde esteve internado no Rio de Janeiro. Pode-se perceber como Lima Barreto, mesmo nos momentos mais sofridos, não perde a lucidez. O texto descreve em minúcias seu cotidiano no asilo, onde não abandonou a literatura, sua razão de viver.

II

Entrei no hospício no dia de Natal. Passei as famosas festas, as tradicionais festas de ano, entre as quatro paredes de um manicômio. Estive no pavilhão pouco tempo, cerca de 24 horas. O pavilhão de observação é uma espécie de dependência do hospício a que vão ter os doentes enviados pela polícia, isto é, os tidos e havidos por miseráveis e indigentes, antes de serem definitivamente internados.

Em si, a providência é boa, porque entrega a liberdade de um indivíduo, não ao **alvedrio** de policiais de todos os matizes e títulos, gente sempre pouco disposta a contrariar os poderosos; mas à consciência de um professor vitalício, pois o diretor do pavilhão deve ser o lente de psiquiatria da faculdade, pessoa que deve ser perfeitamente independente, possuir uma cultura superior e um julgamento no caso acima de qualquer **injunção** subalterna.

Alvedrio é vontade própria.

Injunção ou ordem formal, imposição.

Entretanto, tal não se dá, porque as generalizações policiais e o horror dos homens da Relação às responsabilidades se juntam ao horror às responsabilidades dos homens do pavilhão, para anularem o intuito do legislador.

A polícia, não sei como e por quê, adquiriu a mania das generalizações, e as mais infantis. Suspeita de todo o sujeito estrangeiro com nome arrevesado, assim os russos, polacos, romaicos são para ela forçosamente **cáftens**; todo o cidadão de cor há de ser por força um malandro; e todos os loucos hão de ser por força furiosos e só transportáveis em carros blindados.

> *Cáftens* são empresários de prostíbulos que fazem comércio explorando a prostituição.

Os superagudos homens policiais deviam perceber bem que há tantas formas de loucura quanto há de temperamentos entre as pessoas mais ou menos sãs, e os furiosos são exceção; há até dementados que, talvez, fossem mais bem transportados num coche fúnebre e dentro de um caixão, que naquela antipática **almanjarra** de ferro e grades.

> Aqui, *almanjarra* é uma coisa enorme, desmedida.

É indescritível o que se sofre ali, assentado naquela espécie de solitária, pouco mais larga que a largura de um homem, cercado de ferro por todos os lados, com uma vigia gradeada, por onde se enxergam as caras curiosas dos transeuntes a procurarem descobrir quem é o doido que vai ali. A carriola, pesadona, arfa que nem uma nau antiga, no calçamento; sobe, desce, tomba pra aqui, tomba para ali; o pobre-diabo lá dentro, tudo liso, não tem onde se agarrar e bate com o corpo em todos os sentidos, de encontro às paredes de ferro; e, se o jogo da carruagem dá-lhe um impulso para frente, arrisca-se a ir de fuças de encontro à porta de praça-forte do carro-forte, a cair no vão que há entre o banco e ela, arriscando a partir as costelas... Um suplício destes, a que não sujeita a polícia os mais repugnantes e desalmados criminosos, entretanto, ela aplica a um desgraçado que teve a infelicidade de ensandecer, às vezes, por minutos...

É uma providência inútil e estúpida que, anteriormente, em parte, me aplicaram; contudo, posso garantir que iria para o hospício muito pacificamente, com qualquer agente, fardado ou não. Era o bastante que me ordenassem segui-lo, em nome do poderoso chefe de polícia, eu obedeceria *in continenti,* porquanto estou disposto a obedecer tanto ao de hoje como ao de amanhã, pois não quero, com a minha rebeldia, perturbar a felicidade que eles vêm trazendo à sociedade nacional, extinguindo aos poucos o vício e o crime, que diminuem a olhos vistos.

> *In continenti*, ou seja, sem demora, imediatamente.

Por mais passageiro que seja o delírio, um ergástulo ambulante dessa conformidade só pode servir para exacerbá-lo mais e tornar odiosa aos olhos do paciente uma providência que pode ser benéfica. A medicina, ou a sua subdivisão que qualquer outro nome possua, deve dispor de injeções ou lá que for, para evitar esse antipático e violento recurso, que transforma um doente em assassino nato **involuído** para fera.

> *Involuído* é o mesmo que atrasado.

Dessa feita, porém, pouparam-me o carro-forte. Fui de automóvel e desde o Largo da Lapa sabia para onde ia. Não tive o menor gesto de contrariedade, quando percebi isto, embora me aborrecesse passar pelo pavilhão.

Não guardava nenhum ressentimento dessa dependência da assistência a alienados, mas o seu horror à responsabilidade, que o impede de dar altas por si, fazia-me ver que eu, apesar de sentir-me perfeitamente são, tendo de passar por ele, teria forçosamente de ficar segregado mais de um ou dois meses, entre doentes de todos matizes, educação, manias e **quizílias**. Tristes e dolorosas lembranças...

> *Quizílias* são preceitos.

Feria-me também o meu amor-próprio ir ter ali pela mão da polícia, doía-me; e, mais me doeu, quando, nesse dia de Natal, eu tomei café num pátio, sem ter mesa, e, sem ser em mesa, com prato sobre os joelhos, comi a refeição elementar que me deram, servida numa escudela de estanho e que eu levava à boca com uma colher de penitenciária. Jamais pensei que tal coisa me viesse acontecer um dia; hoje, porém, acho uma tal aventura útil, pois temperou o meu caráter e certifiquei-me capaz de resignação.

Quando, pela primeira vez, me recolheram ao hospício, de fato a minha crise era profunda e exigia o meu afastamento do meio que me era habitual, para varrer do meu espírito as alucinações que o álcool e outros fatores lhe tinham trazido. Durou ela alguns dias seguintes; mas, ao chegar ao pavilhão, já estava quase eu mesmo e não apresentava e não me conturbava a mínima perturbação mental. Em lá chegando, tiraram-me a roupa que vestia, deram-me uma da "casa", como lá se diz, formei em fileira ao lado de outros loucos, numa varanda, deram-me uma caneca de mate e grão e, depois de ter tomado essa refeição vesperal, meteram-me num quarto-forte.

Até ali, apesar de me terem despido à vista de todos — coisa que sempre me desagradou — não tinha razão de queixa; mas aquele quarto-forte provocou-me lágrimas. Eis em que tinham dado os meus altos projetos de menino. Por aí, não sei por quê, me lembrei de minha mulher morta, cuja lembrança o delírio tinha afastado de minha mente; ganhei mais forças e entrei mais confiante naquela prisão inútil...

> No trecho "*Aí, tive três companheiros (...) rituais*", Lima Barreto expõe não apenas a sua vida, mas principalmente seu contato tão próximo com a loucura e com os loucos.

Aí, tive três companheiros, dos quais dois eram inteiramente insuportáveis, que, a bem dizer, não me deixaram dormir. Um deles era um velho de cerca de sessenta anos, com umas veneráveis barbas de imagem, alto, a que chamavam os outros por São Pedro; o outro era um português esguio, anguloso, mas sólido de músculos e de pés.

Tinha este a mania de sapatear com força e gesticular como se guiasse animais de carro ou carroça. Soltava, de onde em onde, interjeições, assovios; e fazia outros gestos e sinais usados pelos cocheiros, ao mesmo tempo que imitava com os pés o esforço de tração dos burros, quando se apóiam nas patas a que o chão foge, a fim de arrastar a carroça. Não esquecia de chamar as imaginárias alimárias pelos seuss nomes de cocheira:

— Eia, Jupira! Acerta, Corisco!

> *Litanias* ou ladainhas.

"São Pedro" ficava, enquanto isto, ficava em outro canto, rezando, à meia voz, litanias, ou a orar em voz alta, tudo acompanhado de persignações rituais.

Em certas ocasiões, o palafreneiro e as invisíveis bestas corriam para onde estava aquele, cego inteiramente. "São Pedro" afastava-se, mas prorrompendo em injúrias muito pouco próprias a um santo tão venerável.

> *Enxerga* é o mesmo que colchão.

Quando não encontrava, de pronto, caminho livre para a sua fuga, atirava-se para qualquer lado. Mais de uma vez, quer um quer outro, quase me pisaram em cima da simples **enxerga** de capim que, com um travesseiro e uma manta, me haviam dado, para dormir.

De uma feita, fugi de vez para a cama de um deles. Parecia-me que lá ficaria mais sossegado. Foi por aí que interveio o quarto companheiro. Era um preto que tinha toda a aparência de são, simpático, com aqueles belos dentes dos negros, límpidos e alvos, como o marfim daqueles elefantes que as florestas das terras dos seus pais criam. A sua aparência de sanidade era ilusória; soube, mais tarde, que ele era um epiléptico declarado. O crioulo, vendo o meu embaraço e a minha falta de hábito daquela hospedaria, gritou enérgico:

— "São Pedro" vai rezar lá pra porta! E você, cavalgadura (falava ao português), fica dando coices à vontade, mas na cama de você... Deixa o rapaz dormir sossegado!

Agradeci ao negro e ele se pôs a conversar comigo. Respondi-lhe com medo e cautela. Hoje, não me lembro de tudo o que ele me perguntou e do que lhe respondi; mas de uma pergunta me recordo:

— Você não foi aprendiz marinheiro?

Esta pergunta me pôs bem ao par da situação onde tinha caído; era ela tão humilde e plebéia, que só se podia supor de mim, na vida, essa iniciação modestíssima de aprendiz marinheiro. Verifiquei tal fato, mas não me veio — confesso — um desgosto mais ou menos forte. Tive um desdém por todas as minhas presunções e **filáucias**, e até fiquei satisfeito de me sentir assim. Encheu-me de contentamento tirar a prova provada de que, na vida, não era coisa alguma; estava mais livre, e os ventos e as correntes podiam-me levar de pólo a pólo, das costas da África às ilhas da Polinésia...

Filáucias são vaidades.

No dia seguinte, quando o guarda que nos veio abrir a porta deu-me uma vassoura e um pano com que eu ajudasse a ele e outros a baldear o quarto-forte e a varanda, não fiz nenhum movimento de repulsa. Tomei os dois objetos e cumpri docilmente o mandato. O que me aborreceu, porém, foi a minha falta de forças e hábito de abaixar-me, para realizar tão útil serviço. Havia-me preparado para todas as eventualidades da vida, menos para aquela, com que não contei nunca. Imaginei-me amarrado para ser fuzilado, esforçando-me para não tremer nem chorar; imaginei-me assaltado por facínoras e ter coragem para enfrentá-los; supus-me reduzido a maior miséria e a mendigar; mas por aquele transe eu jamais pensei ter de passar... Realizei, entretanto, o serviço até o fim, e foi com uma fome honesta que comi pão e tomei café.

A faina não tinha cessado, e fui com outros levado a lavar o banheiro. Depois de lavado o banheiro, intimou-nos o guarda, que era bom espanhol (galego) rústico, a tomar banho. Tínhamos que tirar as roupas e ficarmos, portanto, nus, uns em face dos outros. Quis ver se o guarda me dispensava, não pelo banho em si, mas por aquela nudez desavergonhada, que me repugnava, tanto mais que até de outras dependências me parecia que nos viam. Ele, com os melhores modos, não me dispensou, e não tive remédio: pus-me nu também. Lembrei-me um pouco de **Dostoiévski**, no célebre banho da *Casa dos mortos*; mas não havia nada de parecido. Tudo estava limpo e o espetáculo era inocente, de uma traquinada de colegiais que ajustaram tomar banho em comum. As duchas, principalmente as de chicote, deram-me um prazer imenso e, se fora rico, havia de tê-las em casa. Fazem-me saudades do pavilhão...

> *Fiodor Mikhalovitch Dostoiévski* (1821-1881): escritor russo perseguido por suas idéias liberais. Autor de, entre outros, *Crime e castigo* e *Os irmãos Karamazov*.

O guarda, como já disse, era um galego baixo, forte, olhar medido, sagaz e bom. Era um primitivo, um campônio, mas nunca o vi maltratar um doente.

A sua sagacidade campônia tinha emprego ali no adivinhar as manhas, planos de fuga dos clientes, e mais **maroscas** deles; mas, pouco habituado às coisas urbanas, diante daquela maluqueira toda, uniformemente vestida, não sabia distinguir em nenhum deles

> *Maroscas* são trapaças, ardis.

variantes de instrução e educação; para ele, devia ser o seu pensar, e isto sem maldade, todos ali eram iguais e deviam saber **baldear** varandas.

> *Baldear* é tirar com balde água de um lugar.

Teria para si, sem desprezar nenhum, que aqueles homens todos que para ali iam eram pobres, humildes como ele e habituados aos mesteres mais humildes, senão, iriam diretamente para o hospício. Não deviam, por conseqüência, de vexar-se por executá-los.

Desde lá, não o levei a mal, por ter-me conduzido àquelas baldeações. Estava ele no seu papel, tanto mais que eu não era melhor do que outros a que o Destino me nivelara. Sofri, com resignação e, como já disse, às vezes mesmo com orgulho, o que poderia parecer a outrem humilhação. Esqueci-me da minha instrução, da minha educação, para não demonstrar, com uma inútil insubordinação, como que uma injúria aos meus companheiros de Desgraça. Não reclamei; não reclamo e não reclamarei; conto unicamente.

Parece-me que ele gostou da minha obediência, pois deu-me cigarros; e, naquele dia ou no seguinte, escolheu-me para ir varrer os canteiros do jardim, isto é, os que circulavam o edifício da enfermaria.

Por essa ocasião, confesso, vieram-me as lágrimas aos olhos. Já não era mais o varrer, porque, mais de uma vez, varri a minha residência; em menino, minha mãe fazia-me varrer a casa e fazer outros serviços menores, para não ficar em prosa; quando estudante, para poupar dinheiro, vasculhava o meu cômodo. Não era o varrer; era o varrer quase em público, sob o olhar de tanta gente a que não ligava a infelicidade comum.

Veio-me, repentinamente, um horror à sociedade e à vida; uma vontade de absoluto aniquilamento, mais do que aquele que a morte traz; um desejo de **perecimento** total da minha memória na terra; um desespero por ter sonhado e terem me acenado tanta grandeza, e ver

> *Perecimento* é o mesmo que extinção, destruição.

agora, de uma hora para outra, sem ter perdido de fato a minha situação, cair tão, tão baixo, que quase me pus a chorar que nem uma criança.

Senti muito a falta de minha mulher e toda a minha culpa, puramente moral e de consciência, subiu-me à mente... Pensei... Não... Não... Era um crime...

Tomei a vassoura de jardim, e foi com toda a decisão que, calçado com uns chinelos encardidos que haviam sido de outros, com umas calças pelos tornozelos, em mangas de camisa, que fui varrer o jardim, mais mal vestido que um pobre gari.

Não dei, porém, duas vassouradas. Um rapaz de bigode alourado, baixo, vestido com aquele roupão de brim apropriado aos trabalhos de enfermaria, médico ou interno, cujo nome até hoje não sei, aproximou-se de mim, chamou-me e perguntou-me quem tinha determinado fazer eu aquele serviço. Disse-lhe e o médico ou interno determinou que encostasse a vassoura e me fosse embora. Se nesse episódio houve razão de desesperar, houve também a de não perder a esperança nos homens e na sua bondade.

Disse mais atrás que tinha do pavilhão recordações tristes e dolorosas. Uma delas é a desse episódio e a outra é do pátio, do terreiro em que estávamos encurralados todo o dia, até vir a hora de ir para os dormitórios, pois eu estava num bem asseado.

Habituado a andar por toda a parte, a fantasiar passeios extravagantes, quando não me prendem as obrigações de escrever e de ler, ou então a estar na repartição, enervava-me ficar, bem 12 horas por dia, em tão limitado espaço, sob a compassiva sombra de umas paineiras e amendoeiras.

Os cigarros que tinha, fumava-os um sobre o outro, guardando as pontas para fabricar novos, com papel comum de jornal. Fumar assim era um meio de afastar o tédio. Jornais, recebia irregularmente dos meus parentes, dos meus amigos e, uma ou outra vez, do chefe dos enfermeiros, que era muito afável.

Conversar com os colegas era quase impossível. Nós não nos entendíamos. Quando a moléstia não os levava para um mutismo sinistro, o delírio não lhes permitia juntar coisa com coisa.

Um dia, um menino, ou antes, um rapaz dos seus 17 anos, chegou-se perto de mim e me perguntou:

— O senhor está aqui por causa de algum assassinato?

Estranhei a pergunta, que me encheu de espanto.

Respondi:

— Deus me livre! Estou aqui por causa de bebida — mais nada.

O meu interlocutor acudiu com toda a naturalidade:

— Pois eu estou. O meu advogado arranjou...

Não pôde concluir. O guarda chamou-o com aspereza:

— Narciso (ou outro nome), venha para cá. Já disse que não quero você perto da cerca.

Não pude apurar a verdade do que me dizia esse tal Narciso ou que outro nome tenha. Soube que era fujão e, talvez por causa disso, foi logo transferido para o hospício propriamente.

Vivi assim cerca de uma semana, condenado ao silêncio e ao isolamento mais estúpidos que se podem imaginar, junto a uma quase imobilidade de preso na solitária.

Foram dias atrozes por isso, e só por isso, os que padeci no pavilhão; mas, em breve, depois que um médico moreno, de óculos, um moço, pois o era, em toda a linha, inteligente, simpático e bom, ter-me minuciosamente examinado o estado mental e nervoso, a monotonia do pátio foi quebrada com o fazer eu as refeições no comedouro dos enfermeiros. Deixava um pouco o pátio, aquele curral de malucos vulgares.

Pouco me recordo dos doentes que ali encontrei, a não ser do tal menino, cuja palestra comigo interrompeu-a uma repreenda do guarda.

Não me lembro se tudo que já narrei, foi tudo o que ele me disse ou perguntou; mas, fosse delírio ou fosse verdade, é à imagem dele que ainda hoje associo a lembrança do pavilhão e a do seu pátio.

Doutra forma não era possível a contasse, à vista de um conhecimento que se trava por intermédio de tão fantástica pergunta:

— O senhor está aqui por causa de algum assassinato?

Criminoso que fosse, ele mesmo, a sua pessoa não me meteu medo, como, em geral, não me assustam os criminosos; mas a candura, a inocência e a naturalidade, em que não senti cinismo, com que ele respondeu — "pois eu estou" — causaram-me não sei que angústia, não sei que tristeza, não sei que mal-estar.

Aquele menino, quase imberbe, falava-me de seu crime, como se fosse a coisa mais trivial desta vida, um simples incidente, uma **pândega** ou um contratempo sem importância.

> *Pândega* é brincadeira, folia.

Todas as minhas idéias anteriores a tal respeito estavam completamente abaladas; e me veio a pensar, coisa que sempre fiz, no fundo da nossa natureza, na clássica indagação da sua substância ativa, na alma, na parte que ele tomava nos nossos atos e na sua origem.

Rio de Janeiro, fevereiro de 2004

Caro Lima Barreto,

Estou lhe enviando em anexo o ensaio que escrevi sobre sua obra, como havia prometido anteriormente.

LIMA BARRETO — ENTRE O JORNALISMO E A LITERATURA

Lima Barreto é um escritor em que vida e obra se misturam. Há diversos escritos seus em que a fronteira entre ficção e realidade é muito tênue. Sua vida foi sofrida e marcada por acontecimentos tristes. Mulato, de origem humilde, filho de um tipógrafo, perdeu a mãe aos seis anos. Pouco depois seu pai perde o emprego. Em seguida toda a família se muda para a Colônia de Alienados da Ilha do Governador, onde seu pai trabalhará como escriturário. Ao terminar seus estudos primários e secundários, entra para Escola Politécnica. Pouco depois de completar vinte anos, ainda na faculdade, seu pai enlouquece, e Lima Barreto é obrigado a largar o curso para sustentar a família. Começa a trabalhar na Secretaria da Guerra como funcionário público de baixo escalão.

Lima Barreto vivenciou de perto o drama da loucura. Em uma primeira fase da vida, pela doença do pai e, posteriormente, pela sua própria experiência de ser internado mais de uma vez num manicômio. Lembremos do conto "Como o 'homem' chegou", em que descreve a vinda de um homem louco do norte do país até o Rio de Janeiro, chamando a atenção para o tratamento que este recebe, sendo transportado enjaulado como um bicho, uma fera; ou de *O cemitério dos vivos*, parte de suas memórias onde descreve a experiência de ser ele próprio internado. Narra seus sentimentos, suas angústias, sem meias palavras ou subterfúgios.

É importante lembrar que estes dois textos são do início do século XX, momento em que a psiquiatria ainda estava se consolidando no país. Diferentemente da Europa, onde a psiquiatria nasceu na virada do século XVIII para o século XIX. O primeiro hospício do Brasil, o Hospício D. Pedro II, foi fundado em 1852. Nas décadas posteriores surgem outros asilos para loucos, e os alienistas, médicos que tratam dos loucos, têm um certo prestígio na sociedade da época. Naquele momento a loucura era vista como uma doença imprevisível e perigosa, estando associada ao descontrole das paixões e à perda da razão.

A questão da loucura pode servir como um interessante ponto de partida para estabelecermos uma comparação ou um paralelo entre a escrita de Lima Barreto e a de Machado de Assis. Lima Barreto vivenciou de perto este drama. Já Machado de Assis não sofreu deste mal. E sua forma de abordar o assunto, como se percebe em seu conto "O alienista", é extremamente crítica e irônica, mas não dramática. É o contrário o que sentimos ao ler o conto de Lima Barreto, ou suas memórias, onde expõe seus sentimentos sem pudor e retrata a sua desgraça declarando:

> De mim para mim, tenho a certeza que não sou louco, mas devido ao álcool, misturado com toda a espécie de apreensões de que as dificuldades da minha vida material, há seis anos, me assoberbam, de quando em quando dou sinais de loucura: delírio.

É como se Lima Barreto fosse até as entranhas dos seus próprios sentimentos, acreditando que a sua literatura áspera e amarga tinha um papel a cumprir.

Desde cedo Lima Barreto quis traçar seu próprio caminho original. Apesar da influência importante da obra de Machado de Assis nos escritores daquela época, Lima Barreto sempre afirmou que não só Machado não era o seu modelo, como também não admirava sua literatura. Vejamos o que ele dizia sobre o "bruxo" do Cosme Velho: "Não lhe negando os méritos de grande escritor, sempre achei no Machado muita secura de alma, muita falta de simpatia, falta de entusiasmos generosos. Jamais o imitei e jamais me inspirou."

Há semelhanças entre eles, é certo: ambos eram mulatos, ainda que de estratos sociais diferentes, e tiveram ambos formação autodidata. Machado sofria de epilepsia, Lima Barreto teve que enfrentar o alcoolismo, doença que contribuiu para sua vida trágica. Os dois apresentam semelhanças também em suas obras, como a análise profunda dos personagens, a eleição do romance como expressão mais espontânea para apresentarem suas visões de mundo, e a intensa relação que os dois estabeleceram com a literatura, como se fosse impossível, para ambos, viver sem ela. Cada um a seu modo escolheu a literatura como destino. Para Machado de Assis, no entanto, ela proporcionou glória e sucesso, ao contrário do que aconteceu com Lima Barreto, cujas obras não foram bem recebidas de imediato. Estas, densas e sinceras, eram também ousadas e desiguais, o que o afastava da crítica e dos leitores. Mas o medo maior do escritor, justamente, era não conseguir dizer tudo o que queria e sentia, e não se preocupava se com isso se exaltava ou se rebaixava. Era esta atitude que o distinguia de tantas literaturas superficiais da sua época.

É interessante pensar como esta sincera aspereza é exatamente o que contribui para dar ao escritor um lugar de destaque na nossa literatura. Lima Barreto é tratado por muitos como um pioneiro do romance moderno, tanto no sentido de sua renovação lingüística como do conteúdo social. Não é à toa que um de seus escritores preferidos é o francês Anatole France, símbolo de uma "literatura militante", engajada; uma literatura que tinha como projeto debater as questões da época, sem ser meramente contemplativa e sem se restringir às preocupações meramente formais. Lima Barreto não fez literatura por vaidade, nem para "escrever bonito", como afirmava. Por isso também critica o chamado romance regional porque valoriza apenas o pitoresco, ressaltando a linguagem caipira, sem penetrar, por exemplo, nos hábitos do sertão nordestino; e que deturpa a imagem deste sertão, transformando sua paisagem em cenários idílicos. Ele é hoje visto como um precursor do modernismo brasileiro, movimento artístico e cultural liderado por intelectuais e escritores principalmente paulistas, que culminou com a chamada "Semana de Arte Moderna" ocorrida em São Paulo em 1922. Este movimento se caracterizava, entre outras coisas, por uma ruptura com a forma literária vigente por ser esta rebuscada e empolada, valorizando uma linguagem coloquial; e por uma visão européia da cultura brasileira, que até então seguia os modelos vindos de fora. Um de seus *slogans* emblemáticos *"Tupi or not tupi? That's the question"*, de autoria de Oswald de Andrade, faz alusão à frase célebre do personagem Hamlet que, em sua angústia existencial, se pergunta: "Ser ou não ser? Eis a questão", na peça *Hamlet* do escritor inglês William Shakespeare, um clássico da literatura ocidental.

Se analisarmos o romance *Triste fim de Policarpo Quaresma*, veremos que a idéia obsessiva de nacionalismo que inspira o protagonista da narrativa é exatamente a valorização da cultura nacional. Não é por acaso que Policarpo luta por uma língua verdadeiramente nacional que, a seu ver, seria o tupi.

Policarpo Quaresma é, sem dúvida, a obra mais conhecida de Lima Barreto e é com este texto que o escritor ganha importância na nossa literatura. O livro se destaca pela originalidade do enredo, pelo humor ácido com que apresenta seu protagonista, ao mesmo tempo em que vai descrevendo suas peripécias e sua luta pela construção de um país ideal e, portanto, impossível. É difícil não perceber o quanto há de Policarpo em Lima Barreto. É deste também a crença ingênua na transformação social, movida por ideais utópicos, e a idéia de que não deveria fazer — como não fez — concessões em sua vida. Lima Barreto não buscou o caminho mais fácil para realizar o seu sonho de ser escritor. Sua escrita é fruto do seu sofrimento e de sua vida solitária. Tão solitária como a de Policarpo. Tão incompreendido como ele.

Lima Barreto não se casou, que se saiba não teve um grande amor, nem deixou descendentes. Parece ter cumprido o desejo do personagem Brás Cubas, do livro *Memórias póstumas de Brás Cubas* de Machado de Assis, quando este afirma: "Não tive filhos, não transmiti a nenhuma criatura o legado da nossa miséria."

Aliás, a ausência da temática amorosa, romântica mesmo, é um dado a ser assinalado na obra do escritor. Se por um lado este não teve pudor em expor as suas angústias e colocar o dedo na ferida das grandes questões sociais do país, tratar do amor não foi seu objetivo. Chegou mesmo a afirmar através do narrador de *O cemitério dos vivos* que este parecia um sentimento ridículo e que assim se sentiria se fosse abordá-lo em seus escritos. Há duplas amorosas, casais e amores em seus contos e romances, mas eles estão impregnados de ceticismo, de conveniências, de melancolia. Seus personagens não são apaixonados. Casam-se por necessidade, por falta de opção ou por ambição social, como fica claro em *Policarpo Quaresma* através da afilhada Olga ou mesmo das filhas do vizinho general. Afinal, casar era uma necessidade para as mulheres, já que seu lugar na sociedade era dado pelo casamento. Há noivados longos e sem paixão em suas histórias, assim como há jovens que se apaixonam e se entregam ao primeiro sedutor que surge, como é o caso da personagem do conto e do romance *Clara dos Anjos*. A moça negra perde a virgindade com um rapaz branco que nunca se casará com ela e logo a abandona à própria sorte. Ele pretende mostrar com esta obra que o destino traçado para Clara não era exclusivo dela, mas quase como uma fatalidade que pesa sobre muitas gerações de mulheres negras.

Alguns críticos chamaram a atenção para o fato de Lima Barreto dar mais atenção e elaborar melhor seus personagens masculinos do que femininos. Talvez o que esteja presente nesta aparente valorização dos personagens masculinos seja a visão de uma sociedade onde a mulher tem um lugar restrito, principalmente as mulheres de cor. Há muitas prostitutas flanando nas suas histórias, mas elas não merecem muita atenção do autor, nem ganham a profundidade psicológica que este dá a outros personagens de suas narrativas. As mulheres são sempre coadjuvantes e quando não são, como é o caso de Clara dos Anjos, existem sobretudo para transmitir o recado de uma literatura de protesto, fruto da revolta de seu autor contra a injustiça social e a segregação racial.

Lima Barreto sofreu muita discriminação ao longo da sua vida; nos primeiros anos na escola, em seu emprego na Secretaria da Guerra, no jornalismo e como escritor. Ele fez desta questão um tema privilegiado da sua literatura. É impossível percorrer a obra de Lima Barreto, desde suas crônicas até seus romances, passando pelos contos, sem perceber a dimensão desse sentimento de discriminação. Seus personagens, em grande parte negros, sofrem as conseqüências de não terem nascido brancos. O escritor mesmo chegou a afirmar: "É triste não ser branco." Como ele gostaria de não ter nascido negro, para não ter que passar por tantas provações ao longo da vida!

Em sua crônica "Maio", vemos a descrição de um momento importante da história brasileira — a Abolição da Escravatura — e como este fato fica registrado na memória de um menino mulato que vai com seu pai assistir aos festejos comemorativos do fim da escravidão no Brasil. Este texto, escrito para jornal, mostra um outro lado da escrita de Lima Barreto. Nada raivoso, ao contrário, melancólico ao lembrar de um momento no qual acreditou que "não havia mais limitação aos propósitos da nossa fantasia". A crônica expressa o lado sonhador do escritor que imaginava que passaria a viver numa sociedade livre.

Muito diferentes são os sentimentos e o clima que vislumbramos no romance *Recordações do escrivão Isaías Caminha*. Neste texto sua amargura e tristeza aparecem com toda a força. Percebe-se quem é Isaías Caminha: Lima Barreto coloca a si mesmo no livro, com suas angústias e desejos. Há principalmente a percepção de que a sua cor não era apenas um traço físico, algo natural, mas tornara-se uma marca. A cada passo de Isaías descobrindo o Rio de Janeiro, notamos a ingenuidade do jovem, a ausência de malícia do próprio escritor e sua decepção diante da dura realidade.

Este romance, publicado em Lisboa em 1909, mostra uma das obsessões do escritor: a discriminação racial. Seu texto transmite ao leitor, com toda a intensidade, o sofrimento de seu protagonista, que, como seu criador, enfrentará a marginalização e a exclusão social. Ser negro no Brasil pós-abolicionismo não devia ser fácil, principalmente para jovens ambiciosos como Isaías e Lima Barreto, que não se conformavam com a submissão que a vida lhes destinava. Negros não chegavam à universidade. Não se tornavam jornalistas, muito menos escritores. Estas duas funções nobres eram destinadas se não a uma elite, ao menos a uma classe culta e letrada. Fica evidente em sua obra o olhar bondoso para os mais humildes. Lima Barreto se compadece com o sofrimento dos excluídos. Sua literatura procura dar alma a estes indivíduos, mais do que apenas retratá-los. Alguns críticos chamam a atenção para o fato de o escritor dividir os personagens em bons e maus. Seria ele maniqueísta? Seus personagens são muito humanos e conseqüentemente também ambíguos. Mas estão impregnados pelo seu olhar ressentido, sem dúvida. Entretanto, não podemos pensar nos protagonistas de suas obras principais — Isaías Caminha e Policarpo Quaresma — como bons ou maus. São seres complexos, inquietos, desejosos de transformar a realidade à qual têm extrema dificuldade de se adaptar. Como seus personagens, Lima Barreto viveu sempre à margem. À margem dos escritores de sua época, da maneira de viver do período, das futilidades da elite, da hipocrisia dos políticos. Procurava encontrar consolo na bebida, e foi esta justamente que destruiu sua vida. Lutou com todas as suas forças contra o seu domínio. Mas sua luta foi vã.

Um outro aspecto importante da literatura de Lima Barreto é sua estreita relação com a cidade do Rio de Janeiro. Ele é um grande romancista da cidade, cenário de seus textos. Sente enorme empatia por ela: "Vivo nela e ela vive em mim." Seus personagens passeiam pelo Rio, cruzam a cidade do centro à zona sul, passando pelos subúrbios pelos quais é visível seu encantamento. Muitas das suas criações habitam os subúrbios do Rio como o escritor. Mas vale a pena pensar um pouco sobre como era o Rio de Janeiro na época de Lima Barreto. Talvez pudéssemos afirmar que a cidade continha em si mesma o céu e o inferno.

Céu pela situação excepcional com que se deparava ao iniciar-se o século. Centro político do país, com vastos recursos, núcleo da maior rede ferroviária nacional, sede da Bolsa de Valores e do Banco do Brasil, o Rio era o maior centro populacional do país, oferecendo às indústrias que começavam a se instalar um amplo mercado consumidor. Em 1904 é inaugurada a avenida Central e a vacina torna-se obrigatória. São demolidos casarões coloniais como parte da reforma empreitada pelo prefeito Pereira Passos, que queria transformar as antigas ruelas em amplas avenidas, praças e jardins, mudando a feição da cidade e transformando-a numa Paris tropical. Os hábitos alteravam-se, a moda seguia o modelo francês e imperava um cosmopolitismo agressivo profundamente identificado com o estilo de vida europeu.

Inferno porque a expulsão da população mais pobre da área central da cidade e o crescimento urbano provocaram o desenvolvimento das favelas. A intolerância com as formas de cultura e religiosidade populares era enorme. O abastecimento de carne e gêneros alimentícios era precário e foi agravado com o volume de imigrantes: mais de 150 mil entre 1890 e 1920. A insalubridade da capital era notória e assim permaneceu, sendo ela foco de varíola, tuberculose, malária, lepra e febre amarela, entre outras doenças. A própria geografia da cidade com relevo acidentado e áreas pantanosas dificultava a construção de prédios e casas. A oferta de mão-de-obra era maior do que a demanda, o que gerava desemprego, miséria e fome, atingindo a população mais humilde da cidade. Isso para não falarmos nas crises econômicas que se sucederam, como a depressão da economia cafeeira.

Foi nesse contexto em que viveu Lima Barreto, e é impossível separar a obra de um escritor do momento em que foi produzida. Lima Barreto se inquietava com as transformações vividas pela cidade, se preocupava com as conseqüências do progresso. Não era um conservador que queria que tudo permanecesse como estava. Ao contrário. Sensibilizava-se com as questões sociais e se perguntava como tudo isso afetaria os mais pobres. Qual seria o preço a ser pago.

Além do amor de Lima Barreto pela "cidade maravilhosa", não hesitando em defendê-la, um outro dado importante que marca e singulariza a sua literatura é o jornalismo. Mesmo quando está escrevendo ficção é possível perceber o quanto a prática jornalística influenciou seu estilo. Trata-se de um escritor que buscou a qualquer preço produzir uma obra que fosse clara, objetiva e concisa; uma obra que retratasse a realidade, se possível modificando-a. Seus personagens têm consistência, são reais. Parecem saídos de notícias de jornal. O jornalismo não foi para ele uma passagem na sua carreira; foi fundamental para a construção de um estilo próprio. Não é à toa que o escritor lhe dedicou um livro. Ainda que *Recordações do escrivão Isaías Caminha* seja uma obra que lança um olhar extremamente cruel sobre o jornalismo e os jornalistas da sua época, não amenizando suas vaidades pessoais, ambições desmedidas e leviandades ao tratar da notícia, seu romance mostra a relação do próprio escritor com esta carreira e como ela pode ser destruída em função de outros interesses que não o de informar corretamente o leitor. Lima Barreto busca a precisão nos mínimos detalhes em suas citações, ao narrar um acontecimento e mesmo em suas crônicas, onde salienta, em "Os bruzundangas": "Não me alongo mais sobre a vida deles, porque pouco vivi na roça de Bruzundanga." Era um jornalista em ação, incapaz de inventar a notícia, falar do que não presenciou. Mesmo na ficção.

Lima Barreto foi muito criticado pelo desequilíbrio entre os seus textos, alguns excepcionais e outros fracos. Foi acusado de não ser cuidadoso com seus escritos. Foi menosprezado em sua época por traçar um retrato crítico da sociedade brasileira. Hoje, quase um século depois, somos capazes de perceber em que medida Lima Barreto conseguiu produzir uma obra à frente do seu tempo. Para ser lida e saboreada no futuro.

Isabel Travancas

Depois da leitura

Crônica

1. "As enchentes" é uma crônica de 1915 e foi publicada na imprensa. Ela permite que você conheça um pouco do estilo veemente de Lima Barreto. Um bom exercício é procurar nos jornais diários as matérias sobre chuvas e enchentes no Rio de Janeiro e em outras cidades. Você poderá comparar a realidade e as informações sobre o mesmo fato no século XX e no século XXI no Brasil.

2. A questão racial e a discriminação estão presentes nos diferentes gêneros que o escritor produziu. Na crônica "Maio", o autor faz uma reflexão sobre a Abolição da Escravatura e o papel da princesa Isabel. Procure em que outros textos ele aborda o assunto e ao fim faça uma comparação entre o racismo no Brasil na época de Lima Barreto e na atualidade.

3. Em "O subterrâneo do morro do Castelo", Lima Barreto mostra a relação entre a literatura e o jornalismo e dá exemplos de como eles estão próximos. Releia o texto e anote os trechos que você considera mais jornalísticos e os que acha mais ficcionais e explique porquê.

4. Faça um debate na sua sala de aula ou com seus amigos sobre os principais temas apresentados com humor pelo escritor. Ele está fazendo uma sátira do Brasil. Quais as questões que permitem que o leitor conclua que ele está destrinchando os problemas do nosso país?

Conto

1. O conto "O homem que sabia javanês" já foi levado ao palco diversas vezes. Você também poderia encená-lo em sua sala de aula, criando falas para os personagens, inventando cenários e figurinos, destacando o lado cômico da narrativa.

2. A loucura foi muito marcante na vida de Lima Barreto e impregnou sua obra. Você poderia, depois de ler todo este livro, procurar quais contos, romances e memórias abordam a doença mental de algum personagem e destacar as diferenças e semelhanças de estilo e conteúdo.

3. Depois de ler o conto "Clara dos Anjos", que tal fazer um texto jornalístico, uma espécie de reportagem com base nos dados apresentados no texto?

Romance

1. Jornalismo é o assunto principal de *Recordações do escrivão Isaías Caminha*. Uma ótima atividade comparativa será visitar uma redação de jornal hoje e perceber o que mudou e o que permanece idêntico à descrição do escritor. Procure se há na sua cidade algum projeto que leva o jornal às salas de aula, assim como outros que organizam visitas das escolas aos mesmos. Sugira ao seu professor uma visita deste tipo.

2. Nos contos e principalmente nos romances, Lima Barreto passeia pela cidade do Rio de Janeiro indo dos subúrbios ao centro e se referindo a ruas e praças, descrevendo a cidade. Uma idéia divertida é junto com seus colegas listar os nomes de ruas que aparecem nos textos e procurar se há ruas com o mesmo nome, assim como saber se em sua cidade há uma

rua chamada Lima Barreto. E Machado de Assis? Há outros escritores que se tornaram nome de rua? Quais?

3. Ao longo desta seleta você deve ter encontrado termos e palavras desconhecidos. Que tal fazer um jogo de dicionário com seus colegas para descobrir os seus verdadeiros significados? Uma pessoa copia do dicionário o verdadeiro sentido de uma palavra e cada um dos participantes da brincadeira escreve um possível significado dentro da fórmula do dicionário. Depois disso, todas as definições são lidas e cada participante escolhe apenas uma. Ao fim do jogo são lidas as verdadeiras definições de todas as palavras. Quem acertar a definição do maior número de palavras ganha o jogo.

4. Este livro começou com uma carta e já se sabe que Lima Barreto ficou contente por ter recebido uma carta anônima. Faça uma carta a um amigo descrevendo como era a vida no Rio de Janeiro na época do escritor. Comente sobre a vida, os costumes, os jornais, a linguagem e a vida boêmia.

5. *Triste fim de Policarpo Quaresma* foi adaptado para o cinema por Paulo Thiago em 1996 e teve Paulo José, Giulia Gam e Luciana Braga nos papéis principais. Você poderia assistir ao filme com a sua turma e discutir sobre estas duas linguagens. Será que a adaptação cinematográfica foi fiel à literatura? Alguma parte importante, a seu ver, ficou de fora? E o ator Paulo José, que interpreta Policarpo Quaresma, é muito diferente do que você imaginou ao ler o livro?

Memórias

1. Machado de Assis escreveu um conto sobre a loucura e o seu tratamento em "O alienista". Seria possível estabelecer um paralelo entre este conto satírico e as memórias de Lima

Barreto como interno de um hospício no Rio de Janeiro? O que há de comum nos dois?

2. Para terminar, escreva um editorial — artigo em que o jornal dá a sua opinião sobre determinado assunto com estilo persuasivo — defendendo ou criticando a obra de Lima Barreto. Destaque e cite os escritos que mais gostou ou os que não considerou interessantes e explique porquê. Faça um paralelo de sua obra com a de Machado de Assis.

Cronologia

· · · · · · · · · · · · · · · · · · ·

1881 — Nasce em 13 de maio, no Rio de Janeiro, Afonso Henriques de Lima Barreto.

1887 — Aos seis anos de idade, o escritor perde a mãe, vítima de tuberculose.

1888 — Entra para a escola pública.

1890 — João Henriques, seu pai, é nomeado escriturário da Colônia de Alienados da Ilha do Governador. Antes, trabalhava como tipógrafo da Imprensa Nacional.

1896 — É matriculado, como aluno interno, no colégio Paula Freitas, no Rio de Janeiro.

1897 — Ingressa na Escola Politécnica do Rio de Janeiro.

1902 — Começa a colaborar em *A Lanterna*, jornal de estudantes.

1903 — É nomeado para trabalhar na Secretaria da Guerra.

1904 — Inicia a escrita de *Clara dos Anjos*.

1905 — Publica uma série de reportagens no *Correio da Manhã* intitulada "Os subterrâneos do morro do Castelo". Neste mesmo ano, começa a escrever *Recordações do escrivão Isaías Caminha*.

1906 — Escreve o prefácio de *Vida e morte de M.J. Gonzaga de Sá*, publicado em 1919. Em outubro do mesmo ano, entra em licença para tratamento de saúde.

1907 — Funda a revista *Floreal*, onde começa a publicar *Recordações do escrivão Isaías Caminha*.

1909 — *Recordações do escrivão Isaías Caminha* é editado em Lisboa, Portugal, e colocado à venda no Rio de Janeiro no mesmo ano.

1910 — Segundo período de licença na Secretaria da Guerra para tratamento de saúde.

1911 — O romance *Triste fim de Policarpo Quaresma* começa a ser publicado em folhetim pelo *Jornal do Commercio*, na edição da tarde.

1912 — Nova licença para tratamento de saúde.

1914 — Inicia colaboração no *Correio da Noite* escrevendo uma crônica diária. Neste mesmo ano, é internado pela primeira vez no Hospício do Rio de Janeiro.

1915 — O romance *Numa e ninfa* começa a ser publicado, em folhetim, pelo jornal *A Noite*.

1916 — Interrompe sua atividade profissional e literária em virtude do abuso do álcool e, mais uma vez, entra em licença para tratamento de saúde.

1917 — É recolhido, doente, ao Hospital Central do Exército. Neste mesmo ano, declara-se candidato à Academia Brasileira de Letras, mas sua inscrição é desconsiderada.

1918 — É aposentado do seu cargo na Secretaria da Guerra por ter sido considerado inválido para o serviço público.

1919 — É lançada a primeira edição do romance *Vida e morte de M.J. Gonzaga de Sá*. É internado pela segunda vez no hospício.

1921 — Publica um trecho das memórias *O cemitério dos vivos* e candidata-se outra vez à Academia Brasileira de Letras na vaga de Paulo Barreto (João do Rio).

Meses depois retira sua candidatura por "motivos inteiramente particulares e íntimos".

1922 — Publica na revista *O Mundo Literário* o primeiro capítulo do romance inédito *Clara dos Anjos*. Em 1º de novembro falece em casa, vítima de um colapso cardíaco.

Bibliografia

ANTONIO, João (org). *Calvário e porres do pingente Afonso Henriques de Lima Barreto*. Rio de Janeiro: Civilização Brasileira, 1977.

BARBOSA, Francisco de Assis. *A vida de Lima Barreto*. Rio de Janeiro: José Olympio, 2002.

BARRETO, Lima. *Bagatelas*. São Paulo: Brasiliense, 1956.

_____. *Clara dos Anjos*. Rio de Janeiro: Mérito, 1948.

_____. *Feiras e mafuás*. São Paulo: Brasiliense, 1956.

_____. *Histórias e sonhos*. São Paulo: Brasiliense, 1956.

_____. *O subterrâneo do morro do Castelo*. Rio de Janeiro: Dantes, 1999.

_____. *Prosa seleta*. Rio de Janeiro: Nova Aguilar / Códice / MinC, 2001.

_____. *Vida urbana*. São Paulo: Brasiliense, 1956.

BEIGUELMAN, Paula. *Por que Lima Barreto*. São Paulo: Brasiliense, 1981.

BOSI, Alfredo. *História concisa da literatura brasileira*. São Paulo: Cultrix, 1980.

BRASIL, Gerson. *História das ruas do Rio*. Rio de Janeiro: Lacerda Editores, 2000.

CAMPOS, Maria Teresa R.A. *Lima Barreto*. São Paulo: Ática, 1988.

CANDIDO, Antonio. *Formação da literatura brasileira*. Belo Horizonte: Itatiaia, 1981.

CURI, Maria Zilda Ferreira. *Um mulato no Reino de Jambon: as classes sociais na obra de Lima Barreto*. São Paulo: Cortez, 1981.

FERREIRA, Aurélio Buarque de Holanda. *Novo Aurélio século XXI*. Rio de Janeiro: Nova Fronteira, 1999.

FIGUEIREDO, Carmen Lucia Negreiros de. *Trincheiras de sonho-ficção e cultura em Lima Barreto*. Rio de Janeiro: Tempo Brasileiro, 1998.

GRANDE Enciclopédia Larousse Cultural. São Paulo: Nova Cultural / Larousse, 1995-8.

MIGUEL-PEREIRA, Lúcia. "Lima Barreto". In: *História da literatura brasileira*. Prosa de ficção (de 1870 a 1920). Rio de Janeiro: José Olympio, 1950, p. 284-313.

PRADO, Antônio Arnoni. *Lima Barreto: o crítico e a crise*. Rio de Janeiro: Cátedra, 1976.

RESENDE, Beatriz Vieira de. *Lima Barreto e o Rio de Janeiro em fragmentos*. Rio de Janeiro: UFRJ; Campinas: Unicamp, 1993.

SANTIAGO, Silviano. *Uma ferroada no peito do pé (Dupla leitura de* Triste fim de Policarpo Quaresma*)*. Rio de Janeiro: PUC, agosto de 1981, nº 9.

SANTOS, Afonso Carlos Marques (coord.). *O Rio de Janeiro de Lima Barreto*. Rio de Janeiro: RioArte, 1983, v. I e II.

SEVCENKO, Nicolau. *Literatura como missão: tensões sociais e criação cultural na Primeira República*. São Paulo: Brasiliense, 1983.

LAURA Constancia Austregésilo de Athayde SANDRONI nasceu no Rio de Janeiro, em 1934. Formou-se em administração pública pela Fundação Getulio Vargas e é mestra em literatura brasileira pela UFRJ. Participou do grupo que, em 1968, organizou a Fundação Nacional do Livro Infantil e Juvenil (FNLIJ), que dirigiu por 16 anos e onde coordenou projetos de estímulo à leitura aos quais deu continuidade na Fundação Roberto Marinho, onde passou a trabalhar em 1984.

Desde 1975 colaborou como crítica de livros para crianças e jovens no jornal *O Globo*. Publicou artigos e ensaios em diversas revistas especializadas, no Brasil e no estrangeiro. É autora, entre outros livros, de *De Lobato a Bojunga, as reinações renovadas*, da editora Agir, e de *Ao longo do caminho*, da editora Moderna. Faz parte do Conselho diretor da FNLIJ e é membro do júri do Prêmio Hans Christian Andersen.

ISABEL TRAVANCAS nasceu no Rio de Janeiro, em 1961. É formada em jornalismo pela PUC-Rio. Trabalhou durante vários anos como jornalista e assessora de imprensa de instituições culturais públicas e privadas. Fez mestrado em antropologia social no Museu Nacional-UFRJ, onde defendeu a dissertação "O mundo dos jornalistas", publicada pela Summus Editorial em 1993. Em 1998 doutorou-se em literatura comparada pela Uerj com a tese "O livro no jornal — os suplementos literários dos jornais franceses e brasileiros nos anos 90", publicada pela Ateliê Editorial em 2001. Há três anos colabora como resenhista do caderno Idéias do *Jornal do Brasil*. Lecionou nos cursos de comunicação social da PUC-Rio, da Uerj e da Universidade Estácio de Sá. Foi durante três anos professora do Departamento de Antropologia Cultural do Instituto de Filosofia e Ciências Sociais da UFRJ. Organizou com Patrícia Farias o livro *Antropologia e comunicação* pela Garamond. Seu interesse acadêmico e suas pesquisas têm se concentrado na análise da imprensa, da literatura e, mais recentemente, da televisão.

Coleção Novas Seletas

. . . .

COORDENAÇÃO LAURA SANDRONI

ANA CRISTINA CESAR
Organização, apresentação e notas Armando Freitas Filho
Ensaio Silviano Santiago

JOÃO CABRAL DE MELO NETO
Organização, apresentação e notas Luiz Raul Machado
Ensaio Carlito Azevedo

JOÃO UBALDO RIBEIRO
Organização, apresentação e notas Domício Proença Filho

JOSÉ DE ALENCAR
Organização, apresentação e notas Gustavo Bernardo

LIMA BARRETO
Organização, apresentação e notas Isabel Travancas

MACHADO DE ASSIS
Organização, apresentação e notas Luiz Antonio Aguiar

EQUIPE DE PRODUÇÃO
Leila Name
Izabel Aleixo
Daniele Cajueiro
Ana Carolina Merabet
Diogo Henriques
Lian Wu
Ligia Barreto Gonçalves
Rachel Agavino
Rodrigo Peixoto

REVISÃO
Gustavo Penha
Isabela Cutrim

DIAGRAMAÇÃO
Fernanda Barreto

Este livro foi impresso em Guarulhos, em outubro de 2008,
pela Lis Gráfica e Editora, para a Editora Nova Fronteira.
O papel do miolo é offset 75g/m², e o da capa é cartão 250g/m²

Visite nosso *site*: www.novafronteira.com.br